大卫·阿尔蒙德作品集

CLAY 怪物克雷

〔英〕大卫·阿尔蒙德 著

和铃 译

人民文学出版社
PEOPLE'S LITERATURE PUBLISHING HOUSE

著作权合同登记号　图字 01-2017-1142

CLAY

Copyright © 2005 David Almond
This edition arranged with Felicity Bryan Associates Ltd.
through Andrew Nurnberg Associates International Limited
This translation of **CLAY** published by Shanghai 99 Readers' Culture Co., Ltd.

图书在版编目(CIP)数据

怪物克雷／(英)大卫·阿尔蒙德著；和铃译.—北京：人民文学出版社，2018
(大卫·阿尔蒙德作品集)
ISBN 978-7-02-013597-4

Ⅰ.①怪… Ⅱ.①大… ②和… Ⅲ.①儿童小说-长篇小说-英国-现代 Ⅳ.①I561.84

中国版本图书馆 CIP 数据核字(2017)第 304917 号

| 责任编辑 | 甘　慧　尚　飞　汤　淼 |
| 装帧设计 | 汪佳诗 |

出版发行　人民文学出版社
社　　址　北京市朝内大街 166 号
邮政编码　100705
网　　址　http://www.rw-cn.com

印　　刷　山东德州新华印务有限责任公司
经　　销　全国新华书店等

字　　数　154 千字
开　　本　890×1240 毫米　1/32
印　　张　7.375
版　　次　2018 年 3 月北京第 1 版
印　　次　2018 年 3 月第 1 次印刷

书　　号　978-7-02-013597-4
定　　价　35.00 元

如有印装质量问题，请与本社图书销售中心调换。电话：010－65233595

第一章

1

在二月一个阳光灿烂、但仍显寒冷的早晨,他来到了菲林镇。其实时间过去并不久,却已经遥远得像另一个时代。我和乔迪·克雷格在一起,那时我总是如此。我们像往常一样大摇大摆地走着,像往常一样开着玩笑,哈哈大笑。我们将一支烟传来传去地抽,吐出一长串烟圈。刚刚我们在圣餐台,现在正打算前往布洛克花园,在水车巷时一辆红色的出租车飞快地从我们身边开过,喷出黑色的尾气,它头顶的标牌表明它是从海滨那里过来的。

"来这里干吗?"乔迪说。

我的牙齿上还沾着一点圣餐礼领的圣饼屑,我用舌头去舔,把它们都吞入肚中,然后又猛吸了一口烟。

"天晓得。"我说。

出租车停在五十码开外的地方,就在疯子玛丽的家门口。疯子玛丽披着一头红发懒散地出来,她穿着一件宽大的飘扬起来的花朵连衣裙,脚上是一双格子拖鞋。一个孩子从出租车里出来,拖着一个破旧的褐色箱子,疯子玛丽付了出租车费,两人就朝前门走去。她回头看了看我们,试图把手臂搭在孩子的肩上,但他扭开了,跑进了房门。疯子玛丽跟着他,门砰的一声关掉了。

出租车司机驶过我们的时候,把身子从车窗里探了出来。

"你俩在看什么?"他说。

"没看什么。"我说。

"你为什么不快点滚回惠特利湾?"乔迪说。

"对,"我说,"快滚!死鱼脸!"

我们大笑起来,对着花园怪叫起来:

"死鱼脸!死鱼脸!死鱼脸!"

我们穿过古老的铁门,避开荆棘,从泥土池塘的旁边穿过,进入采石场,进入洞穴。墙上又出现了一些字,这也是一种比赛。上面写着:**我们看着呢,你们完蛋了**。然后是大大的黑色的叉,他们还试图画一具骷髅,但看上去放弃了,因为他们太没用了。

"像泥一样厚。"我说。

我拍了拍上面的灰。

乔迪又点了一支烟,在一块石头上磨快了他的刀。

他用刀指着我。

"不久,这儿会有一场大战。"他说。

我吸了口烟。

"对。"我说。

"就在我们和他们之间。"他说。

我颤抖了一下,努力挤出一个笑容。

"布洛克花园之战。"我说。

我向外张望着采石场陡峭的墙壁,密密的野草丛,深深的泥土池塘、布洛克房屋废墟。雀鹰从它们的石窝里飞出,展翅飞向天空。

"去疯子玛丽家的人是谁?"我说。

他耸耸肩。

"鬼知道,"他说,"我可不想和他那样,和一个疯子躲在一起。"

他从口袋里拿出一个无花果果汁瓶,将它抛给我,里面装了半瓶葡萄酒,是他在早上做弥撒时偷的。我拧开盖子痛饮起来,还咂了咂嘴巴。葡萄酒又厚又甜,慢慢就会感受到它带来的那一点点梦幻的感觉。

"偷圣餐台的酒太邪恶了。"我说。

我们一起笑了起来。我们折了一些小的树枝,打算生一堆火。

我指着地面。

"你会去地狱受火焚烧的,乔迪·克雷格。"我说。

"没关系,"乔迪说,"你总会因某些罪恶下地狱的,譬如骗了一百万英镑。"

"或者杀了什么人。"我说。

"对,"他把刀插入地里,"谋杀!"他喝了一口葡萄酒,用手抹了抹嘴巴。"有天晚上我做梦杀了莫德。"

"你吗?"

"是。"

"是不是有好多血?"

"不计其数,到处都是血和肠子。"

"太棒了。"

"我就在这儿干的,我一刀刺入他的心脏,然后把他的头割了下来,扔进池塘里。"

我们咯咯笑了起来。

"也许这根本不算什么罪,"我说,"也许因为你除掉了像莫德这样的人,就直接升上天堂了。"

"当然会这样,"乔迪说,"如果没有莫德这种东西,这个世界会变得更好。"

"对。"

当我们想到莫德的时候,我们都安静了下来。我们倾听着采石场里发出的各种声音。

"你看到他有多强壮了吧?"我说。

"嗯。"

"该死的。"我轻轻说。

"是啊,该死的,他正在变成一个怪物。"

2

没什么神秘的,很快我们就知道那个孩子叫斯蒂芬·罗斯,是从惠特利湾来的,只比我们大一点。据说他在十一岁的时候,曾经去班尼特学院学习怎么当一个神父,这在二十世纪六十年代并不算什么怪事,我们知道很多孩子都走这条路,并且斯蒂芬也和他们中的大部分一样无法坚持,在两三年后又回来了。他在家只待了一个月,他的爸爸就因一次中风死了。然后他的妈妈疯了,在一个风雨交加的午夜被带往普鲁杜。只剩下斯蒂芬孤单一人。修女会原打算收纳他,然而有一天他们发现他还有一个远亲,疯子玛丽,就住在菲林镇,所以他就到她家来了。本来的计划是,他妈妈没过多久就可以出院,然后他们可以重新在海滨安家,一切都得以解决。但是当我从我爸妈那里听到这些的时候,事情显得并不乐观。他们听说她非常疯癫,神经完全不正常了。

"比疯子玛丽还厉害吗?"我说。

妈妈瞪了我一眼。

"别这样叫那个可怜的女人,"她说,"她只是有一个虔诚而混乱的灵魂罢了。"

"抱歉。"我说。

"你不知道你有多幸运,"她说,"都是老天保佑……"

"什么?"我嘟囔着说,"你在担心我是否头脑清醒吗,妈妈?"

我撇撇嘴，伸伸舌头，开始胡说八道。

"别！"妈妈厉声说，"别触犯神灵。"

她画了个十字。

"也许我们该叫她神圣玛丽，"她说，"你见过有谁像她那么圣洁吗？那么卖力地祈祷，那么充满怜悯之心？"

我摇摇头。

"好吧，"她说，"据说玛丽以前遇到过圣人，你知道吗？"

"圣人？"

"追溯她的家族，在爱尔兰的时候，杜南一家就是从那里来的。"

爸爸笑了起来。

"在古老的年代，"他说，"每个村里都有圣人走过，每棵树下都有天使坐过。"

起初我们几乎看不到斯蒂芬·罗斯，他并没有像我们期待的那样出现在学校。妈妈说，他一定仍处于悲痛之中，可怜的孩子。爸爸对此表示赞成，对一个年轻人来说，他承受得太多了。乔迪估计，一定有什么不可思议的事情和他有关，他认识一些住在玛丽家对面的人，他们曾经在晚上看见斯蒂芬在花园里，凝视着月亮。

"对着月亮？"我说。

"是啊。"他咧嘴笑着，"就好像他正在洗月光浴，好像他融合了日月的光辉，你见过他的皮肤吗？"

"什么意思？"

"像蜡一样，伙计，你闻过他的味道吗？"

"我怎么能闻得到呢?"

"我就闻过。我在路上走过他身旁,他正和玛丽一起散步,一对疯子。你知道她闻起来是什么味道吗?"

"知道。"老的味道,尽管妈妈说她年纪不大,可有某种病态的味道。

"他更糟糕,伙计,好玩吧,想想要是和他们两个一起在那里。"

我们正走在放学回家的路上,离玛丽的房子很近。我们看了看她家的窗户,挂着老式的网格窗帘,像所有天主教徒的房子一样,还有着神圣心形浮雕。烟囱里正袅袅升起白烟。

"而且他还在花园里干一些其他的事情。"乔迪说。

"其他事?"

"据他们说,有些日子他会在疯子的花园小屋里待很长时间,然后那儿就会有爆炸声、击打声、呜咽声和咆哮声。"

"咆哮?"

"是啊,他们就是这样说的。哦,天哪!是莫德!"

我们立刻站住,躲到女贞篱笆后,我的心怦怦直跳,几乎无法呼吸。

"我们是安全的,"乔迪说,"他走了另一条路。"

我从篱笆后面盯着那边看,就是他,马丁·莫德,他正低头走向赫沃斯。即使隔得这么远,你依然能瞧见他的块头有多大,似乎我们每次见到他,他都更大一些了。从我们干了最后一架之后,他彪悍多了。那天他和他的伙伴在墓场外伏击我们,我记得莫德的巨掌掴住我的脖子，我记得他的尖头靴子一下下踢到我的脸颊。我记得他邪恶的眼神、狂乱的呼吸、恶毒的口水，有时这一切都会在梦中重现，然后我就会惊醒。

我和乔迪在篱笆这里等着，观望着，颤抖着。莫德进了天鹅酒吧，他只有十六岁，但他喝起酒来就像一个成年人。

"我们得有更多帮手。"乔迪说。

"赞成。"我说。

我们继续上路，我试着不去想莫德。

"咆哮？"我说。

"是，就是这样，咆哮。那种嚎叫简直能唤醒死人。"

3

接下来的一个星期六是个不错的日子，有两个葬礼，一个在九点钟，一个在十点钟。两个我和乔迪都会去帮忙。

第一个葬礼的死者是一个来自斯东尼盖尔的男人，他在桑德兰马路上从一辆公交车上摔了下来。他已经很老了，所以葬礼上没有太多啜泣和痛哭。我们在教堂里按照一般程序完事，就坐进黑色轿车跟着灵车去赫沃斯的墓地。我们在那里焚香、泼圣水，奥马霍尼神父说着一些"尘归于尘，土归于土"的话。有时某个家庭成员在仪式全部结束后会直接给我们小费，但有时你得给他们好几个暗示才行。这次最有可能给小费的是一个穿着整洁蓝色西服的男人，他是老头的儿子，特地从伦敦赶来。当哀悼的人群走回黑色轿车的时候，我拦住了他。

"我为你们感到难过。"我平静地说。

"谢谢！"他说。

"我叫戴维。"我说。

"谢谢，戴维。"

"这是我的朋友乔迪，我们很高兴今天早上能来帮忙。"

和他在一起的一个女人轻轻推了推他，和他低语起来。

"谢谢。"他又说。

他将一张折起来的钞票塞进我手里。

当我们坐进轿车的时候,我笑了,我把手放在乔迪的膝盖上,打开掌心给他看这张钞票。

"十先令!"他说。

奥马霍尼神父咳嗽了一下,他和殡仪工作人员一起坐在前面,从司机的后视镜里看着我们。

"那么,孩子们,现在,"他说,"要有点敬意,好吗?"

"对不起,神父。"我们异口同声地说。

"十先令!"我们轻轻地说,我看到神父低下头微笑了。

第二个葬礼就不太平静了。还是一个男人,但这次是一个年轻男人,他的儿子和女儿只比我们大一点。甚至连奥马霍尼神父都含着眼泪,用一块大大的蓝手帕不断地擦他的鼻子。这个男人的妻子倒在墓地上,大喊着:"为什么?为什么?为什么?"

乔迪和我对这一幕早就司空见惯了,所以我们知道只要忽略它,径自行动就行。奇怪的是,一般这种葬礼小费来得反而最容易,一个戴黑毡帽的男人走过来,给了我们每人二先令六便士,然后说我们是好孩子。

"生活就是这样,孩子们,"他说,"你们懂吗?"

"是的。"我说。

"相信你们现在能够领会大部分了,当你们了解了,你们会……"

"我们会的,先生。"乔迪说。

"好孩子。"

"多给点钱吧!"我们轻轻嘀咕。

然后我们看到了斯蒂芬·罗斯,他正在墓地中间,正如乔迪所说，他的皮肤就像蜡一样。我们走过的时候离他非常近，他的胳膊下夹着一团黄色泥土。

"你好吗，斯蒂芬？"奥马霍尼神父说。

一开始他好像恍若未闻，然后他眨眨眼睛说：

"挺好，神父。"

"今天你阿姨去哪里了？"

"不知道，神父。大概在家里吧。"

"告诉她我问她好，一两天内我会去拜访。"

"好的，神父。"

神父继续往前走，但很快又停下来。

"这两个和我在一起的孩子非常好，"他说，"也许他们可以成为你的伙伴。"

"好，神父。"

"那么，好极了。"

斯蒂芬离我更近了点，我理解乔迪所说的关于他的气味了。

"掘墓人给了我这个，"他说，"它是从很深很深的地方挖出来的。"

他的手压在泥土上，他的手指轻轻触碰着，按入泥土之中。他从里面拣出一块石头或什么东西来，检视着它。

"一点骨头。"他说。

他迅速在泥土中按出三个洞和一条裂缝：两个眼睛，一个鼻子和一张嘴。他举起它，在空中旋转，就好像它是一个木偶。他用尖尖的声音让它说起话来。

"你好,"它说,"你叫什么名字?"

"戴维。"我说。

"戴维,伙计!"乔迪从车门那里叫我。

"这是绝望的泥土。"斯蒂芬说,他用手指甲刮着,展示它是怎么一点点裂开的。"看见了吗?"他说。

"看见了。"

他用手在我眼睛前挥了一下,然后他盯着我笑了。

"你没向它问好,"他说,"来吧,说你好。"

我转向乔迪。

"来吧,"斯蒂芬说,"只是一个玩笑。"

"你好。"我轻轻说。

"你好,戴维。"泥土尖着嗓子说,"谢谢你相信我。"

我摇摇头,眼睛转了转,好像我喜欢上这个把戏一样。我也对斯蒂芬笑笑。

"我是斯蒂芬·罗斯,戴维。"他说。

"戴维!"乔迪叫道。

我跑向轿车,我们驶离墓地,神父在后视镜里看着我。

"你好吗,戴维?"他说。

"我很好,神父。"

"好极了,你好像就是那个孩子需要的。"

然后他微笑了。

"那么,一个很不错的早晨是吗?"他说。

"是的,神父。"我们回答道。

4

"他们都是疯子。"乔迪说。

"什么?"我说。

"怪人,他们该死的全部都是,一直都是,过去是,将来也是,我爸爸就是这样说的。"

"是吗?"我说。

"是的,斯蒂芬的爷爷是他们中最大的疯子。"

"你爸爸怎么会知道?"

"他以前见过他,他们叫他石头罗斯,他在克莱克斯和惠特利湾的酒吧里玩一些催眠的把戏,让人脱下他们的长裤,弄湿他们的裤子,然后……"

"他不会……"

"他就是这么干的,玩这些把戏,然后用来付酒钱。他也在海滩上干这事。我爸爸说,当他还是个小孩的时候就见过他。他说他看见一个老女人穿戴整齐在海里潜水,还说有个男人边拍打着他的胳膊边尖叫着,因为他觉得自己是只海鸥。"

"见鬼了。"

"是啊,见鬼了,那个地方有很多这样的人,一个怪胎家族,全是无家可归的人、穷困潦倒的人和白日做梦的人。石头罗斯好像在普莱西树林里的一个帐篷里结束了他的生命,那里又可怕又危险，任何人一靠近都会撒腿就跑。"

"见鬼了。"

"是啊，我知道，他现在死了，怪胎家族烟消云散了，但毫无疑问斯蒂芬有一点……"

"嗯，只是猜测而已。"

我们想象着，然后乔迪说：

"据说斯蒂芬的爸妈想要更文明一点，和普通人一样住普通房子，做普通工作，但是……"

"他们无法做到。"

"做不到。"

"光想想，如果你的家里……"

"你的爷爷……"

"你的妈妈……"

"你唯一的亲阿姨……"

我们摇摇晃晃，发出咕咕哝哝的声音，就好像我们都发疯了，然后爆发出一阵笑声。

"见鬼，"我说，"他命该如此！命该如此！"

我们待在洞里，都带着刀，我们把树枝削尖，把它们插在采石场入口处的泥坑里，尖头朝上，像一个陷阱。

"我爸爸说，他需要一些伙伴。"我说。

"他吗？"

"我妈妈也赞成这种说法。"

我用刀削着树枝，用尖的一头戳戳我的手掌，针一样锋利。我想象着莫德踩上这些树枝会怎么样,它会直接戳穿他的脚底吧;我想象着他血流如注;想象着莫德躺在伊丽莎白女王医院,医生对莫德的妈妈说:"我们没法救他了,莫德太太,这只脚已经装不上了。"我想象着莫德在佩劳镇的余生都要成为一个跛子了。于是我折断了那个尖头,让它变钝了,但我没让乔迪看见。

"她说我们应该叫上他。"我说。

"她在开玩笑吧。"

"她要我们和他处处看。"

"你怎么说?"

"我什么都没说,我说如果有时间我们会照办的。然后她说我们拥有这个世界上所有的时间。"

"哈。"

乔迪捡起另一根树枝。

"我们应当做好圈套,"他说,"把它们挂在山楂树上垂下来,这样他们跑过的时候直接就会被勒死。我们还应当做一点绊网,可以把他们直接送进池塘。"

我们笑起来,想象着他们被挂在树上,掉进水里。

我靠在石头上,一切都那么蠢。莫德是唯一一个邪恶的家伙,他的伙伴都是和我们一样普通的孩子,他们就像我们一样玩耍,像我们一样有恐惧也有兴奋。我们和他们打架的唯一原因就是他们来自佩劳镇,而我们来自菲林镇。我们假装因为他们是新教徒,所以才恨他们;他们假装因为我们是天主教徒,所以才恨我们。但其实毫不相干,仅仅因为是菲林和佩劳的关系,永远都是这样,甚至我爸爸那时候就这样。他以前听到我们那些事的时候总是笑，在我妈妈担心的时候他告诉她，这并不意味着什么，这只是一个游戏。但是莫德，他是个例外，当他那天用手掐着我的脖子的时候，连他自己的伙伴都不得不帮着乔迪拉开他。他踢我脸的时候毫不顾忌，他冲我嚎叫的时候好像充满怨恨，是千真万确的邪恶。"天主教的贱货，"他叫道，"菲林天主教贱货。"我伤痕累累，害怕了好几天。

"你觉得他吓人吗？"乔迪说。

"莫德？"

"当然，莫德很吓人。但我是指斯蒂芬·罗斯，你觉得他吓人吗？"

"我不知道，他只是个孩子，跟我们差不多。"

"跟我们差不多？见鬼，伙计。在小屋里咆哮，从血淋淋的墓地里拿着一大团淤泥……"

"是陶土。"

"管它呢。和疯子玛丽住在一起，妈妈精神失常了，爸爸死了，爷爷是个野人。"

"如果你这样说，也许他是吓人的。"

"也许？他也许是超级恐怖的，伙计。"

他笑了起来。

"你知道我正在想什么吗？"他说。

"不知道。"我说。

"你应该知道的，"他说，"一个像斯蒂芬·罗斯那样的人，也许正是我们需要的。"

他把树枝深深插入土里。

"好嘞，"他说，"让我们走，去敲响疯子的门。"

5

疯子的门是绿色的,油漆都剥落了。门环锈迹斑斑,当乔迪抬起它的时候,它发出刺耳的嘎吱声,他不得不用力把它压下去,让它发出声音。没人应门。我宽慰地呼了口气,转身离开。

"走吧,"我说,"他们一定出去了。"

但是乔迪又敲了一次门,紧接着又敲了一次。

"乔迪,伙计。"我说。

在门的那边传来了脚步声,疯子从狭窄的信箱缝里往外看了看。

"是谁?"她说。

"我们来看斯蒂芬·罗斯。"乔迪说。

他离门更近了一点,同时把我拉了过去。

"看,"他说,"就我们两个,太太……"

"叫杜南小姐。"我轻轻告诉他。

"就我们两个,杜南小姐,你一定在圣餐台那里见过我们,我们想也许斯蒂芬会愿意跟我们出去。"

她转了转眼珠,眨了眨眼,门嘎吱打开了一条缝,一张蜡一样的脸露了出来。

"圣餐台?"她说。

"是的。"我说。

"所以你们都是好孩子?"她说。

"当然。"乔迪说。

"你认识我们的爸爸妈妈,杜南小姐。"我说。

她凝视着我,眼珠停止了转动。

"我能从你脸上认出你的妈妈来。"她对我说。

她把门开大了一点,将她骨瘦如柴的胳膊伸了出来,她把另一个手臂上的花朵袖套往上拉了拉,指着手肘下面的一个地方。

"你妈妈有一次碰过我这里,"她说,"'你看看,玛丽,你看看,别让你自己烦恼了。'我现在还能感觉到她手指的温度。"

她抚摸着她记忆里的皮肤。

"他在吗?"乔迪问。

她眯起眼睛,目光越过我们停在虚空里。"我能听见她的声音,'你看看,玛丽。'她这样说着,就像一个母亲的样子。"

她伸手碰碰我的脸颊,我有点害怕。

"你们知道我这里多了一个男孩?"她说。

"是啊,"乔迪说,"我们来瞧瞧他,太太。"

"瞧瞧他?"

"是的,太太。"

她画了个十字。

"你们一定是被引领到这个地方的。"她说。

"我们可能成为他的同伴。"乔迪说。

她又把门开大一点。

"也许他需要你们。"她说。

乔迪用肘部戳戳我，往里走了进去。

"那儿有圣水，"她说，"画个十字，然后进来。"

我们将食指伸入门口桌子上的碗里，她看着我们对我们画了十字，我们相互看了一眼，跟着她穿过狭窄的门厅。墙上有一些展翅飞翔的蒙着灰尘的石膏天使，还有一张很大很旧的耶稣画像，他的头上戴着荆棘之冠，胸口敞开以显示他那巨大神圣之心。空气里有股小便的味道，凉丝丝的，地板也就是一些光木板。

"他本来打算当一名神父。"她说。

"我们知道。"我说。

"从一开始，他就有一颗圣洁的心。"她说。

乔迪笑了起来，身体都抖动起来。

"这是我最最最了不起的安妮姑姑。"她说。

她指着墙上一张老照片：一个又小又模糊的女人站在一个肮脏的茅屋外，抽着烟斗。

"那是康尼马拉，"她说，"安妮的一生都在那片受祝福的沼泽地里度过。"

"是吗？"乔迪轻蔑地哼哼着。

"是的。"她把目光转向天花板，"现在，她在天堂里了。"

厨房的桌子上有一把破旧的铝茶壶，两个茶杯，一些面包，一块黄油，和一罐插着刀的果酱。一本祈祷书打开着，一尊圣母马利亚的雕像轮廓映衬在后窗上。小花园的外面是齐膝高的野草，有一个通道通向外面的小屋。

"他在吗？"我说。

"不,"她说,"他在外面,在做他神圣的工作。"

她打开门,一只大乌鸦呱呱叫着飞到另一个花园去了,不知哪里有个婴儿在哭着。

"等着。"她说。

她向小屋走去。乔迪和我哼着鼻子。

"见鬼,"我说,"在我们掉入陷阱之前,我们还是赶紧出去吧。"

我们又哼哼了起来。

她打开小屋的门,一束阳光洒入屋中,我们看见斯蒂芬在那里,对着疯子玛丽,然后又看看我们。然后疯子玛丽出来了,向我们招招手。

"好吧!"她叫道,"好吧,他说去见他吧!"

我们纹丝不动。

"来呀!"她叫。

"天哪。"我小声说。

"走吧,伙计!"乔迪说。

6

他坐在一条凳子上,手里拿着一把刀,在雕一块木头、一根折断的树干。它有一条胳膊,一条腿,脸初具雏形。他的手臂上、凳子上、地板上到处都是刨花。灰尘倾泻在一束从屋顶小窗投下的光线里,小屋的角落都隐于深深的阴影中。

"我正在为神父做这个呢。"他说。

"奥马霍尼神父?"我说。

"是的,给他的。他说邪恶滋生于懒惰,所以我得让自己忙起来,瞧——"他指着另一条凳子,那上面有更多的雕像,各种扭曲的木头看上去或是怪异,或是歪斜,或是粗短。"它们不太好,"他说,"那个也不行。"他指着一个粗糙的泥像,它的身体已经碎裂了,一条胳膊和一条腿都已经掉下来了,他戳了它一下,然后另一条腿也掉了。

"看见了吗?"他说,"陶土是我需要的材料,但这儿没有一些像样的陶土。"

他伸出手迅速碰碰我的脸,我往后退了一下。

"这才是陶土应该有的样子,"他说,"像鲜肉,像活生生的躯体,但是看——"

他一拳锤向那个泥像,泥像裂开变成碎片和细尘。

"看见了吗?"他说。

他拿起一个木头雕像，用两手轻而易举地折断。

"看见了吗？"他说。

他转身瞪着疯子。

"看见了吗？"他对她说，"我告诉过你，玛丽阿姨，这儿根本没有好材料。"

她走回房子，通过厨房的窗子看着我们，他一脚把小屋的房门踢上。

"她脑子有问题，"他说，"它们都是使徒像，学校或别的地方需要它们，都是垃圾。"

他把刀戳进凳子，然后对着洒落的灰尘吹了一口气，看它们在围绕着他的光线里纷纷扬扬地舞蹈。

"我们就是由它们组成的，"他说，"灰尘，所以陶土是最棒的材料。木头活过，所以才会死。你怎么能让这些死去的东西复生呢？"

"我不知道。"我说。

"你做不到，你得从源头入手，从一无所有的时候开始。"

乔迪和我互相看了一眼。

"就像上帝做的那样。"斯蒂芬说。

他看着我，我试着把他留在我脸上的灰尘擦掉。

"你有火柴吗？"斯蒂芬说。

乔迪从口袋里拿出一个盒子，摇了摇。斯蒂芬接过它，他又把门踢开，抓起一把刨花把它们放在外面的地上，拿出一根火柴，点燃刨花，把使徒像放在顶端。我和乔迪待在一旁，看着火烧起来。

斯蒂芬蹲在旁边，用火焰暖和他的手。

"看，"他说，"就像这样。"

"见鬼！"乔迪喃喃地说。

"火让泥土坚硬，"斯蒂芬说，"但木头……哦！"

疯子看着我们，咬着她的指甲。

斯蒂芬用手遮住脸挡着阳光，他瞥了一眼我们。

"你们到底想要什么？"他说。

我摇摇头。

"没什么。"我说。

他对我咧嘴一笑。

"好吧，那很容易，"他说，假装轻轻扔给我什么东西，"拿一些虚无去吧。"

在我们脚下燃烧的使徒们发出噼啪声、嘶嘶声，扭成一团。

"我们知道什么地方有你要的陶土，"乔迪说，"多得是。"

"真的吗？"斯蒂芬说。

"是的。"我说。

"我们可以带你去。"乔迪说。

"那么，带我去吧。"斯蒂芬说。

他对着我微笑。

"带上我，"他说，"我要和你们一起去。"

于是我们从燃烧的使徒身边走开，回到疯子玛丽的房子，疯子在厨房里慌乱地围着斯蒂芬打转，她试着去搂他，但他告诉她，"别碰我，我要和我的朋友一起去做点事。"

我们穿过门厅，我把手指伸进圣水，再次画了十字。然后我们把斯蒂芬带到水车巷，前往布洛克花园，领着他到了陶土池塘，他把鱼卵都推到一边，把手伸进乳白色的水里，抓出一把发白的陶土。

"太好了！"他深吸一口气。

他站起来，把它凑到我脸前，软软的泥滴落在我们之间的地面上。

"这就是，"他说，"这才是真正的材料。"

他离我更近一点。

"向它问好，"他说，大笑着，"想想吧，我们能用这个来做什么。"

7

就在这个星期的星期六晚上,我去了圣帕特里克教堂,我跪在黑黢黢的忏悔室里,能看见格子栅栏后面奥马霍尼神父的脸。我犹豫是否应该掩饰自己的嗓音,但我一如既往地清楚,这不会很有效。他当然知道我是谁,那又怎么了?我也没做什么特别重大的事,也没犯什么特别重大的罪行。回想一下我做的错事都非常微不足道、无关紧要,我好像只是在胡编乱造而已。

我开始说一些我还是一个小孩子时别人就教我说的话。

"宽恕我吧,神父,因为我是有罪的,我已经两个星期没来忏悔了。"

"是吗,我的孩子?"他说。

他叹了口气,等待着。

把最坏的先说出来永远都是最好的。

"我喝了一些圣餐台的酒,神父。"

"你知道吗,这既是盗窃又是渎神的行为?"

"是的,神父,我懂了。我很抱歉,神父。"

"不是对我抱歉,而是你必须在这里道歉。"

"确实如此。"

"你还会再做这样的事情吗?"

"不会了。我还从我爸爸那里偷了点烟。"

"抽了吗?"

"是的,神父,也抽了别人爸爸的烟。我觊觎了别人的东西,他们的钱。神父,我还叫他们难听的绰号,还有……"

"你干了什么?叫什么绰号?"

"死鱼脸,神父。"

"死鱼脸?"

我听到一声压抑的轻笑。

"是的,神父。"

"真是太糟糕了,还有呢?"

"我还嘲笑了那些处于悲痛中的人。"

"你这么没有慈悲心,会产生痛苦的。"

"是的,神父,会的。"

"那么你会不会改正呢,我的孩子?"

"会的,神父。"

"现在还有其他事情吗?"

我磨了磨我的牙齿,我想到乔迪的大姐姐诺琳,她十六岁了,上九年级,简直光彩照人。神父等着我,叹了口气。

"还有别的事吗?"他重复了一遍,"记住上帝无所不知。"

"我有一些不纯洁的念头,神父。"

"现在有吗?"

"是的,神父。"

"你有没有把这些念头付诸实施呢?"

"什么,神父?哦,当然没有,神父。"

"那很好，还有别的事吗？"

"没了，神父。"

"你有没有为你的罪感到愧疚？"

我停了停，仔细考虑了一番。这一瞬我想到了香烟那苦涩而令人陶醉的味道，想到了诺琳去年夏天躺在乔迪家的后花园里的样子。

"有吗？"神父又说。

"是的，神父，当然，神父。"

我看见他把手拂过他的脸，他宽恕我了。

"你的罪都被赦免了，"他说，"说五遍万福马利亚，说一遍圣父，你决心改过自新。"

"好的，神父，我会照做，神父。"

"离圣餐台的酒远一点。"

"好的，神父。"

"还有你爸爸的烟。"

"好的，神父。"

"现在平静地去爱、去侍奉主吧！"

我向后退出了忏悔室，走进半明半暗的教堂。我跪在圣餐台的栏杆前，说着自己的忏悔词。轻轻的忏悔声在墙壁之间回荡。

"让我们远离邪恶。"我说完最后一句，然后赶紧跑进黑夜，感觉自己像空气一样轻盈。乔迪已经都完成了，在外面等我。他抽出两支烟，我们深吸一口，将烟圈吐入空中。

"圣洁的感觉真好，是不是？"他说。

"是啊，"我说，然后将我的双手举向天空，"光芒万丈！"

我们大笑起来，疾步走着，互相撞来撞去，嘴里夹着烟在街上摔跤。一个家伙从半途旅舍走出来差点撞到我们。

"熊孩子，"他说，"知道你们在干什么吗？"

"走开。"乔迪说。

"对，"我说，"走开，死鱼脸。"

我们跑了起来，他在后面追，但没追上。我们穿过一个广场，停了下来，一声接着一声叫。

"死鱼脸，死鱼脸，哈哈哈哈哈！"

突然，我用手捂住了自己的嘴巴。

"我说过我不再说这样的话，也不再抽烟的。"

"我也这样说了。"乔迪说。

我们相视一笑。

"我们下周再去忏悔吧。"我说。

"好，"乔迪说，"然后我们就会改头换面。"

"死鱼脸！"我们又叫起来，"死鱼脸，死鱼脸！"

然后我们平静下来，继续走，乔迪告诉了我一些关于斯蒂芬·罗斯的最新情报。

8

"他不是自己走的。"他说。

"什么?"

"班尼特学院,那个神学院,他不是自己离开的,是学校开除了他。"

"谁说的?"

"我的叔叔乔。"

"哦,你叔叔乔?"

"我知道你在想什么,但其实他不像看上去的那么蠢,他遇到了一些天鸽俱乐部的家伙,告诉了他这些。他们说斯蒂芬·罗斯受了邪恶的影响,好像是某种魔鬼崇拜之类的东西,颠倒的十字架、黑色的蜡烛,等等。"

"胡扯,他们怎么允许发生这样的事情?"

"难道不是吗?他们分明把他赶了出来。"

"那里的孩子都是住在宿舍里的,神父日夜都照看着他们。我们以前跟他们去踢过一场足球比赛,我们亲眼见过的。"

"有些事情总有办法做到的,戴维,你懂的。"

"也许吧。"

"有两个从桑德兰来的人都受不了了。"

"桑德兰人?那么,也许他们是活该。"

"哈哈,他们已经被送走了,在罗马一个特别的地方,修女在照顾他们。"

我抽了一口烟,仔细思考他在说什么。

"一定有什么召唤魔鬼的法术。"他说。

"你不会相信这些胡扯吧,是吗?"

"什么胡扯?"

"魔鬼啊,法术啊。"

"但如果你相信另一套的话……"

"譬如什么?"

"譬如上帝啊,美德啊,那么也许你也得相信魔鬼啊,邪恶啊。"

"如果你都相信的话。"

他把手放在他的屁股上,歪着头,噘起嘴。

"所以现在你是告诉我,你什么都不信吗?"他说。

我耸耸肩。

"也许我什么都不信,也许一切都是虚无,只有些疯狂的传说、谎言和故事。"

我扔掉了手里的烟。

"就算是胡说,"他说,"怎么可能都是虚无?"

"我不知道。"我说。

"实际上,只要看看你的四周,"他踢了踢一棵树,"你的意思是,这棵树来自虚无?你意思是地球、天空和该死的太阳系都是一片虚无?"他用手指指我的胸口,"你的意思是你也是虚无?"

"我不知道。"我说。

"不知道？你在胡说八道，你这家伙。"

我又耸了耸肩，我们穿过一条安静的街道。

"不管怎么样，"我说，"如果他惹了这么多麻烦，他们怎么会让他来这里，和像疯子玛丽这样的人住在一起？"

"啊哈，那另有原因，他被送到这里来是因为奥马霍尼神父，他们认为他了解孩子，会关心他们在干什么。你留意的话就会发现他经常出入疯子家。"

"我不知道。"我说。

"这就是他们不让他上学的原因，他们不想让他带坏像我们这样的孩子，至于疯子玛丽？很简单，他们觉得她太蠢了已经不会受他影响了。"他笑起来，"一切都顺理成章，是吧？"

他摇摇头。

"你真是太幼稚了，戴维。"他说，"这是你的毛病，你总觉得什么事都很好，什么人都很好。你太天真。"

"走吧。"我又说。

他用胳膊搂住我。

"啊，好吧。"他说，"还有一个最大的问题，他的爸爸到底发生了什么事？他的妈妈为什么发疯？"

我闭上眼睛，一言不发，他笑着，紧紧拉着我。我感到他实在过于兴奋。

"可怜的莫德，嗯？"他说，"如果他知道有什么在等着他。来，再抽一支烟吧。"

9

几天后的午饭时间，我正在学校里和几个孩子一起踢足球。我玩得满头大汗，裤子也裂了一个大口子，这时一个叫弗朗西丝·马龙的女孩过来，假装被我绊了一下。

她站了起来，离我很近。

"我知道有人喜欢你。"她说。

我没吭声。

"好吧，来嘛，"她说，"问我是谁。"

我擦了擦汗。

"谁？"我说。

"不告诉你。"

"好吧。"我说。

我擦掉了更多的汗。有些孩子从我们身边挤过去上课，还有老师大叫着让大家赶紧，我迈步走了。

"你不关心吗？"她说。

我摇摇头，心却在怦怦跳。

"我知道你关心的，"她说，"你关心的是不是？"

我没说话，走了，她抓住了我。

"玛丽亚·奥卡拉汉，"她说，"她觉得你棒极了，她说你会跟她出去的。"

我的心跳了又跳,但还是一言不发,继续往前走了。

"我打赌你会去的,"弗朗西丝说,"我打赌你也觉得她棒极了,每个男孩子都会这样。"

我匆匆离去,她还在咯咯笑着。

"难道你只想和那个傻乔迪在一起?"她叫道。

我们那天下午有美术课,给我们上课的是普拉特·帕克,他的头发垂下来遮住了眼睛,还有一撮稀稀拉拉的难看的小胡子。普拉特什么都挺好,不过他确确实实是个傻瓜①。他总是手舞足蹈,喋喋不休地说着什么创造力,什么艺术既需要野性的疯狂,也需要艰苦的练习。然后他会拿出一叠纸,在我们面前放上花朵、陶罐、动物骨架等东西,告诉我们:"画下你眼里的东西……"然后他会举起手指,眼睛睁得大大的,就好像他正在说什么无比重要的事情,"……但是要用你想象中的眼睛看,行动起来吧,我的艺术家们!"

一般来说我和乔迪会把一切都搞得乱七八糟,把颜料倒上去抹开,然后给我们的画起一些诸如"信息""花心""混乱"或者"唯一的黑夜"这样的名字。普拉特觉得它们特别棒,觉得它们表现出巨大的潜力。"虽然,也许随性了那么一点点,"他说,"建议你们在迅速飞往想象空间的时候,再加入一些无聊的准确性。很好的作品,非常好。"然后他会把它们贴在墙上。

今天下午,他看上去很平静。他说他有一些非常精彩的东西要给我们看,于是他拿出两个泥像放在他的桌上,我马上就认出来

---

① 普拉特的英文为 Prat,也有傻瓜之意。

了，使徒。

"这是奥马霍尼神父给我的，"普拉特说，"它们在窑里烧了一晚上，是一个和你们差不多的男孩做的。它们是那么简洁……令人惊叹！"

乔迪看着我，我看着乔迪，我们都骄傲死了，这些东西都脱胎于我们池塘里松松的淤泥。

普拉特让我们围拢过来，他让我们看它们有多生动、多优雅、多美丽。

"虽然它们是如此普通，"他说，"看看这些脸，它们不是理想中的天堂之物，你几乎可以想象它们就在菲林镇的街头漫步，但是他们有一种内敛的优雅，一种内在的……光，你们能看到光吗？"

有几个人开始窃窃私语，我们两个人在偷笑，有些人在放屁，一架纸飞机从我们头顶飞过，普拉特统统忽略不计。

"当然，也有一些瑕疵，"他说，"肩膀这里有一点点笨拙，这只耳朵的位置有一点点粗心。但艺术不是，从来都不是完美的。"

他举起一个泥像，握在手里转来转去地看。

"如果人家告诉我这是一个三十多岁专业的雕塑家做出来的，我可能不会惊讶。"他望着我们，"但它们是一个孩子做的，一个孩子在那样的情况下——恕我不能详述——在如此痛苦的情况下。好吧，它们其实都那么普通，都是我们唾手可得的东西，泥土、石头，但却是永生的！"

然后他放下它，把一大袋陶土放到桌上。

"现在轮到你们了，"他说，"用我们人类笨拙的方法，探寻那内在的光。"

10

那天傍晚,我们去了洞穴,发现斯蒂芬坐在那里。他正在他的膝盖上做一个陶土塑像,身边烧着一堆小小的火。他抬头看看我们,很快又垂下头,什么都没说。

"我们见到你做的两个使徒了。"乔迪说。

"美术老师给我们看的,"我说,"他叫普拉特,他说它们都他妈的太棒了。"

斯蒂芬继续做着。

"抽烟吗?"乔迪说。

他从衬衫口袋里抽出两支烟,把它们递了过来。

"讨厌的东西,"斯蒂芬说,"他们会让你们不洁的。"

"是吗?"乔迪说,他刚点燃了一支,顿时咳嗽了起来,还吐了口口水。"它们都很可爱,但是,那是谁?"

"圣彼得。"

乔迪指着池塘。

"那个地方有不计其数的陶土,那些陶土正好沉在世界的中心。"

斯蒂芬看着他。

"并非如此。"他说,"有个男孩来过。"

"什么?这里?"

"是的。"

"他块头有多大?"

"小个子,和我一种类型的,但很单薄。"

我和乔迪互相看了一眼。

"斯金纳,"我说,"他说什么?"

"没什么,他听说来了新人,让我好好想想到底该加入谁。"

"你怎么说的?"乔迪说。

"没什么,我让他滚,亮了亮我的刀子,他就走了。"

一只甲虫在他脚上爬着,他捏起它,看了看它,用拇指一按,然后把它举起来好像在等着它有所行动。

"它去哪里了?"他说。

"啊?"乔迪说。

"没什么。"斯蒂芬说。

他把甲虫扔进火里,火苗轻轻地蹿动了一下。

"就像这样。"他说。

他看看四周。

"以前圣人们就是住在这样的洞穴里的,"他说,"在沙漠里,在荒野里,他们磨砺自我。"

"对极了,"乔迪说,"那些皮包骨头的家伙吃光了这里所有的蚱蜢和其他东西,还有一些从来都不穿衣服。"

"确实。"斯蒂芬说。

他用手掌抚摸着又软又湿的泥像。

"在班尼特,"他说,"一个神父曾经说过,也许我更适合生活在荒野里而不是城市里。"

"那么菲林镇对你来说挺合适的。"乔迪说。

"在班尼特发生了什么?"我问道。

斯蒂芬耸耸肩。

"我们学了教义问答书,"他说,"我们讲了祈祷文,我们去做弥撒,吃了很多果酱和面包。我们也做普通学校里的事情——计算、语文、地理之类的。然后我们了解上帝和奇迹,学着如何成为一个好神父。还会在树林里举行足球比赛和越野赛跑,很多孩子看上去都高高兴兴的。"

"我们去的时候,觉得那里挺有吸引力的,"乔迪说,"伙伴很多,也没有妈妈或者姐姐盯在你的背后。"

"不是所有人都能适应,"斯蒂芬说,"有些人就是格格不入。"

乔迪和我坐在他旁边的石头上,我们抽着烟,互相看看,也没说什么。只有小鸟在啾啾唱着,微风拂过布洛克花园的树叶,沙沙作响,什么地方发出小动物抓挠的声响。远远传来公路上汽车的嗡嗡声。我捡了更多树枝扔进火里,斯蒂芬的手指滑过泥土,他一直看着我,好像在观察我。在他的两手之间,另一个泥像成形了。

"我是在冬天去那个地方的,"他说,"一辆出租车来接我,里面还坐着三个孩子和一个神父。我在前门告别了我的妈妈和爸爸,我的妈妈在哭。似乎这些都是不久之前的事情,甚至才发生不到一个小时。学院很古老,到处都是光秃秃的树和光秃秃的地面。我们从大门进去,经过一个池塘。一个孩子说,我们是不是要在池塘上练习水上行走,神父说确实是这样的。当我们抵达的时候已经是晚上了。"

他抬起头,现在也已经是晚上了,天空发红,采石场的边缘变成黑色的锯齿状。

"那儿到处都是孩子和神父,"他说,"小便的味道,焚香的味道,还有孩子们唱赞美诗的声音。"

"是不是很圣洁?"我说。

他扫了我一眼。

"是啊,戴维,真他妈的圣洁极了。"

"你哭过吗?"乔迪说。

"什么?"

"譬如第一天睡在外面的床上,你会想你的爸爸妈妈或者其他什么事吗?"

"不。"斯蒂芬说,"新人经常悲伤痛哭,但不是我。是的,我也许一开始会想我的爸爸妈妈,但我是向前看的。我认为有我非做不可的事情,如果我一直和他们住在一起就做不了。当我去了班尼特,就好像是把旧生活抛在了脑后,但最后发现我做不到。"

乔迪和我抽起另一支烟。

"一开始你是怎么知道的?"乔迪说。

"知道什么?"

"你想成为一名神父。"

他耸耸肩,望着天空。

"当一个天使降临的时候,我很快就知道了。"他说。

"天使?"乔迪说,"什么狗屁天使?"

"很快就能告诉你,"斯蒂芬说,然后他向乔迪靠近了点,"那么,你想做什么工作?"

"我?"乔迪说,"我不知道,一个足球运动员!永远的纽卡斯尔!"

斯蒂芬又转向我。

"那么你呢?"他说。

我耸耸肩。

"也想当足球运动员。"我说。

他摇摇头,好像非常失望。

"你在说谎吧,戴维,是吗?"

"什么?"

"好吧,我们都会说谎,有时谎言能帮助你我。我一直都知道我会做些不同寻常的事情,我总是知道有什么事情在等待着我。"

他停下来看看我。

"难道你没有这样的感觉吗?"他说。

我摇了摇头。

"没有?"他说,"你没觉得生命中有什么特别的使命吗?"

我又摇了摇头。

他扬起眉毛,好像根本不相信我。

"说说天使吧。"乔迪说。

"好。"斯蒂芬说,"她把我击倒,又把我扶起来,从此每件事都改变了。"

他舔舔嘴唇,我们靠他更近了,那个泥像在他拇指和其他手指间转动,我看见一条手臂出现在我眼前。

"你在说什么?"我说。

11

斯蒂芬停下来,慢慢吸了口气,就好像在告诉我们这件事情之前,他需要积聚力量。他用手指捏着泥土,用刀尖刻画出它的样子。它一点点成形,比他所说的更栩栩如生。

"一个星期二的早上,我在惠特利湾的海滩上。我一直都是单独一个人在那里散步的,那天热得快沸腾了,我的四周有很多人,平躺着晒阳光浴,尖叫的小孩和吠叫的小狗在泼着水,空气里有薯条、热狗、咖啡的味道。反正就是很平常,极度平常。突然一切安静下来了,死一般的寂静,没有人在动,就好像一切都凝固在了这一刻。然后一股强烈的气流从天而降,就好像是一道闪电正好穿过我。我发现自己匍匐在沙滩上,像个婴儿一样无力,几乎不能呼吸。然后她现身了。"

"天哪!"乔迪说。

"是啊,"斯蒂芬说,"她悬在空中,有一双巨大的翅膀,手里执着剑,浑身就像太阳一般光芒万丈,亮得我都要把脸别开了。'斯蒂芬·罗斯!'她叫道,'斯蒂芬·罗斯!你不能逃避!'她的声音好像无处不在,既在我的周围,也在我的体内。我不能动弹,我不得不把脸对着她。她降落下来,朝着我过来,用剑指着我。'谁是你的神,斯蒂芬·罗斯?'她说,'回答!因为你无处可逃,谁是你的神?'我知道我必须说。'我的神是至高无上的上帝。'我回答。

四周又陷入死一般的寂静，像夜晚一样黑暗，我想我一定要死了。然后天使到了我身边，让我直起身来。剑自己悬在空中，对着我们。'你回答得很好。'她轻轻说。她握住了我的两只手，她的手又柔软又充满力量。然后她说，'用这双手，你一定能完成神的使命，斯蒂芬·罗斯。'我感到手里有力量在滋长。'记住，你的艺术是尘与土，'她说，'记住，你的艺术是神圣的。'她拉我起来，让我站在沙滩上，海水又开始涌动，人啊狗啊又开始吵吵嚷嚷。'我会一直看着你的，斯蒂芬·罗斯，'她低声说，'直到末日来临。要善用你的才能。'然后她就消失了。"

我看看乔迪，乔迪看看我。

"别人看见她了吗？"乔迪小声说。

"我是唯一享受此恩典的，"斯蒂芬说，"晒太阳的人继续晒太阳，孩子们继续尖叫，狗们继续狂吠，但对我来说，这一瞬间，一切都改变了。"

"天哪。"我说。

"是啊，"斯蒂芬说，"她后来又降临过两次。"

"天哪。"乔迪说。

"你们相信我吗？"斯蒂芬说。

"不知道。"我说。

"不知道。"他重复了一遍，向前靠近，凝视着我。"有些人认为很难有信仰，戴维，他们需要证据。如果天使降临在你面前呢，戴维？那时你会相信我吗？你还是会说不知道？如果你看到上帝的力量在菲林镇显现，你会如何呢？"

他打量着那个完成的使徒。

"不需要害怕,"他说,"完全不需要。"

他把使徒举到他的眼前,他的脸对着我的脸,他微笑了。

"有朝一日,"他说,"也许我会给你看一些让你吓得浑身僵硬的东西,那将驱散你所有的疑虑,你就不会再说什么也许啊不知道啊。"他的声音越来越低,"你会吓呆的,魂飞魄散。"

他笑了起来,对着乔迪眨眨眼。

"开开玩笑而已,"他继续讲他的故事,"就在我被击倒又被拯救之后不久,一个神父到学校里来找愿意从事这一工作的人,我站了起来。'我愿意,'我说,'我想成为一名神父。'所以不久以后我就去了班尼特。"

他把使徒放到火中央,在它的周围堆了一些灰烬,又放了更多的树枝加速燃烧。我看着火烧起来。

我们往后缩了一点,又是一片寂静。在布洛克花园,我们的头上传来了脚步声。

两个男孩的影子出现在采石场的边缘。

"斯金纳。"我轻轻说。

"不错,"乔迪说,"看上去还有一个像波克。"

"但没有莫德,谢天谢地。"

"是你们的敌人?"斯蒂芬说。

"是呀。"乔迪说。

我们看见那两个男孩子蹲在我们上方,往下看着。我们听见他们在窃窃私语,他们绕着采石场的边缘移动,我们听见他们爬下来向采石场大门而去。当他们爬得更靠近的时候,我和乔迪躲进岩石下的阴影里。

"看见了吗?"他小声说,"如果我们设置了绊网,现在他们就直接掉进池塘里去了。"

"准备好跳,然后大喊,"我说,"我们会把他们吓得半死。"

我们努力抑制住自己的傻笑,等待着,但斯蒂芬率先行动了。他一溜烟跑出洞穴,飞快地弯下了身子。山楂树下一阵骚动,然后佩劳镇的家伙们发出了尖叫。我们听见他们崩溃的声音,斯金纳吓得直哭。

"他刺伤了我!该死的,刺伤了我!"

然后是波克,叫着离开了采石场。

"等着,我们会告诉莫德!"

12

斯蒂芬回来了,用一把草擦了擦他的刀刃,我们两个瑟瑟发抖,一言不发打算撤退。

"怎么了?"斯蒂芬说,"只不过擦伤了一下,一点小小的警告而已。"

他对我们咧嘴笑笑。

"我想你们讨厌他们吧,谁是莫德?"

我们只是看看他。

"谁是莫德?"他重复了一遍。

他耸耸肩。

"那么别再告诉我了。"他说。

他跪在火堆前,吐了口口水,口水嘶嘶作响。乔迪轻声咒骂了一声,终于敢开口说话了。

"莫德,"他说,"就是马丁·莫德,他是方圆百里拳头最硬的家伙。"

"是这样吗,戴维?"斯蒂芬说。

"是的。"我说。

"莫德,"乔迪说,"是他们的伙伴,他像钉子一样硬,是个大块头,是一个可怕的怪物。他很快就会把你,把我们全部杀掉。"

"是这样吗,戴维?"斯蒂芬又说。

"是的。"

"好吧,亲爱的,"他说,"我都干了点什么呀?"

他骨碌碌地转动着眼珠,假装大叫发抖。

"一个怪物!"他说,"我真是害怕极了!"

"傻瓜饭桶。"乔迪咕哝着。

火光映着跪着的斯蒂芬的脸,在昏暗的光线里,使徒周围的灰烬闪烁着微光。斯蒂芬用一根树枝搅了搅,把灰烬从泥像旁边拨开。

"走吧。"我小声对乔迪说。

但我却不敢抬头,那张脸从火那边死死盯着我,让我不敢动弹。

"你行动了吗,我的使徒?"斯蒂芬说,他用树枝戳了戳,"你打算出来拯救我们了吗?"

他站起来,他的头在月光下形成一个剪影,他张开双臂,把那根树枝高举过头,很快又将它放下,指向火堆。

"站起来,"他说,"站起来,我的使徒,走过来,拯救我们于水火之中。我命令你,行走!"

乔迪和我情不自禁地往后退,斯蒂芬大笑起来。

"不,"他说,"它还做不到,还需要再烧一会儿。"

他把那些灰烬又拨回去,扔进更多的树枝,同时大笑着。

"别在意,"他说,"我只不过是发了一下疯,所以,这个莫德是一个怪物,是吧?"

我们一言不发。

"你们害怕他,讨厌他的力量是吗?"

我们还是不说话。斯蒂芬在暗影和火光里微笑着。

"要知道,"他说"如果没有了莫德这类人,这个世界会变得更好,你们是这样认为的吧?"

我们还是不说话。

"是吗?"他说。

"是的。"乔迪说。

斯蒂芬转过来,看着我。

"是吗,戴维?"他说。

他看着我的时候,我犹豫了一下,然后我耸耸肩,点了点头。

"是的。"

然后我们听到一个声音回荡开来,一个很细小、犹犹豫豫、颤抖的声音。

"斯蒂芬!斯蒂芬·罗斯!你在哪里,斯蒂芬·罗斯?"

"太可怕了。"我说。

"这个疯女人,"斯蒂芬说,"最好还是走吧,否则他们又要把我送到别的地方去了,我可不想那样,是吧?"他盯着我说,"这儿有这么多的事情可以干。"

然后他悄悄溜走了。

"他是个疯子吧,"乔迪说,"我们得让莫德知道,他和我们毫无瓜葛。"

"他根本不会听我们说。"我说。

我回想莫德的手掐在我的脖子上、他的靴子踩在我的脸上的感觉。

"走吧。"我说。我们匆忙离开。

第二天,我醒得特别早,我一早就离开了家,走进了采石场。那里特别冷,泥土池塘的边缘都结了一圈的冰,我爬到灰堆那里,拨开灰烬,它就躺在那里,脏兮兮的,被灰弄成了黑色,硬得像石头一样。它的身上仍然有火的余温,但很快就会变冷了。我用口水擦了擦它的脸,一张平静而普通的脸,一张菲林人的脸,就像任何一个路人一样。突然我的心脏几乎停止了跳动,这个泥像是我,那是我的脸,它正在我的两手之间抬头看着我。

我浑身发抖,画着十字,闭上眼睛。

"带我远离邪恶。"我祈祷着。

第二章

13

"所以是哪一个?"爸爸说,"是左边那个,还是右边那个? 是一直往里张望的那个,还是没有往里张望的那个? 是……"

我叹了口气,我们坐在桌边吃着吐司,喝着茶。这两个小姑娘从窗口来来回回经过好几次了。弗朗西丝一直在往里张望,却假装她并没有这样做;玛丽亚则假装有什么东西正在高高的天空上吸引着她。她们两个胳膊挽着胳膊,咯咯傻笑着。

"皮肤黑的那个,还是白的那个?"爸爸说。

"弗朗西丝还是玛丽亚?"妈妈说。

爸爸笑了。

"哪个人会对乔迪青睐有加呢?"

她们又走了一遍,爸爸依然唠叨个没完,我则一直在吃吃喝喝,假装没注意她们。然后她们走了。

"你的机会跑了。"爸爸说。

"我不感兴趣。"我说。

"哦,是吗?"他说。

"好吧,她们两个都是漂亮的女孩子。"妈妈说。

爸爸笑起来。

"你妈妈真是对一切都了如指掌。"他说。

她又往我的盘子里放了一片吐司。

"你不去追她们吗?"她说,"有的是时间,去踢踢球或者跟乔迪一起玩些什么。"

当我出门的时候,她们两个就等在街角,在房子之间的小道上。我慢慢悠悠地走近她们,我们都假装自己是隐形的,但是当我就要走过去的时候,弗朗西丝说:

"不说点什么吗?"

"好。"我说。

"那么开始。"她说。

"开始什么?"

"说话呀。"

"你好。"我说。

"你好,"她说,"那么对玛丽亚说什么呢?"

我试着稳定自己的心跳,平静自己的呼吸。

"你好。"我说。

玛丽亚咬着嘴唇,脸涨得通红,不敢看我。

"你好。"她说。

我们两个互相看了看,也不敢再说别的了。玛丽亚走开了,弗朗西丝笑着说:"这就是一个开始。"她随玛丽亚而去,我则穿过另一条小道去找乔迪。

他在他的后花园里,他那个破飞刀门还是斜靠在篱笆上,上面画着一个人的轮廓。他正和平时一样在练飞刀,却总是扔不中。那个人形轮廓的身体和脑袋上有几百个印痕,都是乔迪和他爸爸这些年来误投的。我走进去,他就把飞刀递给了我。

"开始吧,"他说,"你来一次,戴维,我今天一直扔不好。"

我拿了刀,瞄准门的一边,扔了出去。刀在阳光下闪烁着光芒,正好插入那个人形的心脏部位。

"飞刀杀手。"我说。

"正中靶心!"乔迪的爸爸在屋里欢呼起来,"你这个小伙子应该去马戏团!"

我重重地往草地上一坐。

"我们去干点什么呢?"我说,"莫德会出来报仇吧。"

"天晓得,"乔迪说,"我昨晚梦见他了。"

"真的吗?"

"是啊,他把我们两个叉在一起,在采石场用一口大锅煮我们。"

"确有此事?"

"千真万确,他把我们混着吐司以及调味酱一起吃。"

"太可怕了。"

"还有一大瓶蒂泽尔饮料。"

我们知道这事情没什么可乐的,但还是情不自禁地笑了起来。

"也许我们应该告诉爸爸。"我说。

"这是我们自己的战斗,我们的爸爸一定会这样说的。"

"我知道,但现在出现了一把刀子,乔迪……"

"疯子斯蒂芬·罗斯的刀子,不是我们的。"

"我知道。"

"我们得自己去解决这个问题,需要安排一次会面。"

"和莫德吗?"

"是的,他和他的那些人,我们得告诉他斯蒂芬·罗斯的情况,告诉他类似的事情不会再发生了。"

"天哪,莫德是无法沟通的。"

"他不可能什么都听不进吧。"

"不可能?你记得他在约拿达把一只老鼠的头咬下来的事情吗?"

"记得,我记得,还有他在贾罗把一个家伙的耳朵扯下来。"

我们就这个话题又说了些别的。

"你相信吗?"最后乔迪问。

"嗯。"

"我也相信。"

我们靠门坐着。在门里,乔迪的爸爸一边跳舞,一边大声喊叫:"这是一个多变的时代!"

"真吵啊!"我说。

"你想去洞穴那边吗?"乔迪说。

我摇摇头。

"我也不想。"乔迪说。

似乎我们没什么可以做的,我闭上眼睛,让阳光落在我的脸上。我感到指间小草的温暖,听着小鸟的鸣叫。我想,春天这么快就到了;我感觉自己随风飘泊,思绪飘到了火堆里的侵徒。他站起来了,伸展自己的身体,从灰烬边走开。新生的小青蛙从池塘里跳到他身旁,一条草蛇蜷在他旁边的石头上。雀鹰在高空盘旋。斯蒂芬来了,匍匐在山楂树下。"你在哪里?"他低声说。"你做到了吗?"他又爬近了一些,"你在哪里?你做到了吗,戴维?"

我猛地惊醒,乔迪的姐姐诺琳在后门,靠着门框,微笑着。她眯起眼睛,拍拍自己的脸颊。

"你们两个在干吗?"她说。

"跟你无关。"乔迪说。

她摇摇头,大笑起来。

"两个小家伙,不是吗?"她说,"愚蠢的小……"

乔迪举起两根手指。

"消失吧!"他作法道。

她又笑起来,用手指理理头发,扭着屁股走进房子里去了。

"小姑娘!"乔迪说。

"有一个小姑娘说她迷上了我。"我说。

"是吗?"

"是的。"

他瞪着我,然后无精打采地坐回草地上。

"该死的,这才是我们需要的。"

14

月亮很大，正映在我窗户的中央，它圆圆的，就像一道圣餐，我躺在月光中，看着它的脸庞。辨认着月球上的陨石坑，上面那没有水的海洋。我听到一个声音。

"戴维！戴维！"

我是听到了什么吗？

"戴维！戴维！"

窗子上有咔哒声，是小卵石还是沙砾？

"戴维！戴维！戴维！"

我走到窗边，往外张望，是斯蒂芬·罗斯，他的脸像蜡做的一样，反射着月光。他举起手，召唤着我。我一哆嗦，拉下窗帘，跑回我的床上。

我躺下，试图立马入睡。他的声音持续了一会儿，停下，又开始，但这次好像更靠近了，就在我的房间里，似乎那个声音在我的脑海里回荡。

"戴维！戴维！戴维！"

我感到斯蒂芬的手指碰到了我，就好像他正在塑造我，我就是他的陶土，他的手指在我周围滑来滑去。我在床上扭动起来，试图摆脱掉他。

"别动，"他轻声说，"让我来塑造你，戴维。"

我用手捂住耳朵。

"你是我的，戴维。"他轻轻说。

我握紧拳头，咬紧牙关。

"不，"我说，"不！"

"谁是上帝，戴维？你躲不了，谁是上帝？"

"走开！放开我！"

突然我身体的里面和外面同时万籁俱静。

我的卧室门被打开了，妈妈走了进来。

"戴维？"她小声叫着，"你好吗，戴维？"

我对着她蜷起了身体。

"没事，"我说，"没事，妈妈。"

"噩梦吗？"她说。

"是吧，是……"

她温柔地把手放在我的额头上，用手指抚慰着我。

"现在睡吧，戴维。好了，睡着就可以了。"

她拉下窗帘，挡住了月亮。

15

第二天,我们从学校走回家,这时乔迪看见莫德离开了天鹅酒吧。

"莫德!"他倒抽一口冷气。

"在哪儿?"

"该死的,他已经看见我们了!"

莫德向我们追来,乔迪猛地拉住我的胳膊,拖着我一起跑。莫德不得不跑上坡路,但他依然穷追不舍,我只要回头就能看见他巨大的身躯、狂暴的脸、肌肉手臂,以及像迅雷一样的脚步。

"圣母啊!"我祈祷。

他越跑越近,越跑越近。

"哦,天哪。"我气喘吁吁地说。

他咆哮、咕哝、怒骂,我几乎能闻到他呼吸中的啤酒味了。眼看他就要踢断我的腿,眼看他就要一拳朝我打来,他试图抓住我,我都能感受到他的手指了。我向前一跃,跑得更快。

"疯子玛丽家。"乔迪说,我们突然转向她的花园,跑到她的门前猛敲,没人开门,但莫德在大门外犹豫了一下,他瞪着我们,满面通红,眼神幽暗,像野兽一样跺着脚。

"我认识这里的人,"乔迪说,"他们会报警的。"

莫德再次跟上来,但放慢了速度。他舔着嘴唇,露出了牙齿。

"别，莫德。"我说。我握紧了自己的拳头，往四处看，寻找一块石头，或者任何能当成武器的东西。然后疯子来了，门打开了一条缝，我们连忙挤进去，把门砰地关上。我们背贴在墙上，信箱打开着。莫德瞪大眼睛从信箱缝往里看，我发现斯蒂芬站在我旁边。

"所以，是你们的怪物在外面吗？"他说。

"是的。"我说。

他拿了一撮灰，往莫德的眼睛里洒去。

"去死吧！"他说。

莫德惨叫了一声，信箱盖落下合上。他手脚并用，猛烈砸门。

斯蒂芬大笑。

"笨蛋，"他说，他对着门外叫道，"警察马上来了！他们在路上了！千真万确！千真万确！滚开！"

砸门声持续了一会儿，随后声音弱了下来，在他离开前，莫德又冲我们喊道：

"你们死定了，"他对着门大声咆哮，"你们中的每一个。"

疯子困惑地看着我们。

"但我们不会死啊。"她说。

她看着我们。

"我们会吗？"她说。

我摇摇头，不会。

我从信箱缝看看外面，斯蒂芬站在我旁边，也看着外面。我们看到莫德笨重地朝天鹅酒吧挪去。

"啊，真吓人，"斯蒂芬说，"但也很蠢。"

他把灰从手上掸去，我的恐惧开始消退。

"这些日子里，街上就有这样的魔鬼走来走去。"疯子玛丽说。

"他们的确是魔鬼，玛丽阿姨。"斯蒂芬说。

"但这两个是好孩子吧。"疯子玛丽说。

"我们是，太太。"乔迪说。

"来，吃些果酱和面包吧。"疯子说。

我把手指浸一浸疯子的圣水，画了十字。我们朝房子后面走去，疯子切了一块块厚面包，又在上面涂了厚厚的大黄酱。

"吃吧，"她说，"这是主最好的食物。"

乔迪和我互相看了一眼。

"千钧一发啊，是吧？"他说。

我们两个都想笑一笑，但我们都知道我们被吓到了。

我把面包塞进嘴里。

斯蒂芬只是看着，很平静。

"戴维，"他说，"我有东西想给你看看。"他看着乔迪，"不包括你，只是戴维，行吗？"

我看见乔迪的眼睛里出现了疑惑和怒气。

"我刚救了你该死的命，"斯蒂芬说，"我希望你待在这儿。"

他们互相看了一眼，乔迪耸耸肩。

"我们不会很久的，"斯蒂芬说，"来，看吧，戴维！"

我犹豫了，我的心脏仍在怦怦直跳。

"万岁，"他说，"你会感兴趣的。"他朝后门走去，打开门。"你还可以带上你的面包和果酱，跟着我，戴维。"

16

乌鸦从草丛里飞了出去,斯蒂芬领我到了小屋,他让我进去,然后在我们身后关了门。

"忘了外面的世界吧,戴维,"他说,"忘记你所恐惧的东西。"

这地方布满了灰白的泥土灰,凳子上是,油漆过的深色木墙上是,窗户上也是。连投下的光线都是浑浊的。

"非常棒的材料,"他说,"我从你们的池塘里搞来的材料,非常光滑,很容易上手,就好像它有生命一样。"

我一想到还要再去那个池塘就浑身发抖,我想到莫德会等在那里,躲在一块岩石的阴影里。

"你还在想着莫德吧,是不是?"他说,"你在这儿很安全,小家伙。"他笑了起来,"莫德!就这个名字?莫德!"他舔舔嘴唇,笑了笑,"腐烂①,等他死了就会变成这样。"

有些陶土放在玻璃碗里,上面盖着湿布,是一些已经完成的塑像和一些半成品。斯蒂芬将手指伸进碗里浑浊的水里,把水泼在那些塑像上。

"不能让它们干得太快,"他说,"不能让它们开裂,是不是?"

他咧嘴笑笑,又把水弹向我。

---

① 莫德,英文为 mouldy,这个单词有腐烂的意思。

"冷静，伙计，"他说，"现在每件事都很顺利。"

有一些塑像几乎是不成形的，只是一团团的胳膊和腿，脑袋像一块巨石一样平衡于顶部。他看见我在注视着它们。

"也许一开始上帝造出来的东西就是这样的，"他说，"在把我们造出来之前，就像这样的试验品，又厚又笨重，也没有灵魂。你是怎么想的，戴维？"

"没想过。"我说。

"没想过，"他跟着说了一遍，"也许在我们降临之前有一个野兽和怪物的时代，也许现在还有一些这样的东西。也许我们周围有一些东西是魔鬼而不是上帝造出来的。那些东西就和在门外对你们咆哮的家伙一样，就和你们的莫德一样。"

"是啊，"我说，"也许吧。"

他看着我。

"也许是这样的，"他说，"野兽和怪物的时代刚刚开始，你认为呢，戴维？"

我耸耸肩，摇摇头。我看见陶土里有一个倒下的十字架，我把它扶起来，想让它重新竖起来。我把它按到柔软的陶土里，好让它不倒下。

"你觉得你还能成为一个神父吗？"我说。

"不会，都结束了，戴维。有其他方式可以生活，为主效劳。"

他将其中一个碗拿到面前来，把湿布掀开，扯下一小团陶土，用它捏起了一个人的身体，突然他停了下来。

"昨晚我想和你一起做这个，"他说，"你明明看见了我，就是不下来。"他笑了笑,"为什么不呢?在晚上出门太可怕了吗?"

我的脸有点扭曲,我想走了。

"别傻了。"我说。

"现在是那个叫莫德的家伙把你赶到这里来了,"他继续说着,"就好像冥冥中自有天意……你不能告诉任何人。"

"嗯?"

"你不能告诉任何人在这里发生的事情。"

我回头看了看他,他在说什么?我看到滚滚尘埃穿过光线,聚集在我们周围,我看到那个泥像在他的手指间成形。

"先别忙着走,"他说,"看看这个。"

这个塑像很小、很精致,一半已经成形了,不像那些没有灵魂的泥团,像一个做了一半的娃娃。

"动起来,"他对它轻轻说,"动起来,我的小不点。"

他叹了口气,微笑着。

"那儿,你看见了吗,戴维?"

"看见什么?"

他又把同样的话说了一遍。

"动起来,活过来,小不点。看见了吗?"

我靠得更近了一点,聚精会神地看,什么都没发生。

斯蒂芬用一只手抓着娃娃,盯着我看,然后又在我的眼前把娃娃传到另一只手中,一次,两次,再一次。

"再看一下,"他轻轻说,我往下看着躺在他手里的娃娃,"动起来,"他小声说,"活过来!"

他高兴地叹着气。

"看，戴维，"他说，"仔细看，用意念看，戴维，当我说话的时候你会看到它在动，你会看到的。"

他向我举起那个娃娃，又在我眼前传递了一次。

"现在戴维，"他小声说，"你能看到它动了。"

我的确看到了，我几乎吓得叫出来，但他停了下来，他把娃娃扔在凳子上，用手捂住我的嘴。

"你不能告诉任何人，戴维。"他说，"你得保证，现在就向我保证。"

我对着他转转眼珠，点了点头，我伸手去碰了碰那个娃娃，它只是一块冷冷的陶土，仅此而已。

"你看见我们能做什么了吧？"他低声说，"你和我．戴维？你应当忘记你的朋友和……"

外面突然响起了脚步声，他立刻从我身边走开。

"记住，"他说，"不能告诉任何人，什么都不能说。"

17

有人在敲小屋的门,随后奥马霍尼神父进来了,他穿着一身黑色的服装,领口处有白色的镶边,站在我们旁边显得很高大。他那古铜色的头发闪烁着微光,身上有一股熏香的味道。

"喂,小伙子们。"他说。

"你好,神父。"我说。

"是戴维啊,看来你给自己找了两个伙伴,斯蒂芬。"

斯蒂芬微笑着。

"是的,神父。"

"真不错。"

这位教士用手指抹了抹凳子上的灰。他摆直了十字架,拿起了那个娃娃。

"我们之中出了一个艺术家,戴维。你以前见过这么棒的东西吗?"

"没有,神父。"

"的确没有,上帝慷慨地将天赋赐给了某些人,感谢主。"

他画了十字,目光在我身上停留了一会儿。

"你好吗,戴维?"

"挺好的,神父,挺好。"

"没什么事让你烦忧吧?"

"没有，神父。"

他将他宽阔的手掌在我的头上放了一会儿。

"上帝会给某些人一颗简单而真实的心，"他说，"你看见了吗，斯蒂芬？"

"我看见了。"斯蒂芬说。

"有些人会利用这样的心灵，有些人会探索这样的心灵。"

"我知道，神父。戴维是我的好朋友，神父。"

神父两手相扣，朝我们两个点点头。

"很好，"他说，"这就是我所希望的，在这个地球上，在这样的时代里我们必须互相关照，这是这个世界上最简单也是最难的事。"

他拿起一个跪着的天使像，"瞧瞧这个！"他的语气充满钦佩，拍拍自己的脸颊，陷入沉思。

"我是不是应该走了，神父？"我说。

他笑了，好像他的思绪被拉了回来。

"哈！不必，如果斯蒂芬不介意在你面前谈论一些私事的话。"

斯蒂芬摇摇头。

"那就好。如果他要成为你的朋友，他应该知道真相。是这样的，我去探望了一次你的母亲，斯蒂芬。"

斯蒂芬的脸色一下子沉了下来。

"你去了吗？"他轻声说。

"的确。"神父说。他转向我："你朋友的母亲病得很厉害，戴维，你应当知道。你一定听到了不少流言蜚语吧，不必理会那些。"

有些人，像斯蒂芬的母亲，注定要比别人经历更多磨难。"

"她怎么样？"斯蒂芬小声说。

神父叹了口气。

"我认为好了一点。我们一起祈祷吧，我和她交流了一下，我们说起了惠特利湾和那里的海滩。哈！她跟我说了她小时候的事，冰淇淋、薯片、旋转木马，听上去很不错！"

"她提到我了吗？"斯蒂芬说。

"嗯，现在嘛。"

"她提到了吗？"

"她的精神很分散，斯蒂芬。她睡得很多，她很平静，药在起效。"他试图把手放在斯蒂芬的肩膀上，但斯蒂芬挣脱了。"她会离开那里的，我的孩子。也许很快，他们觉得可以向我保证这一点。"

又是一片沉默，斯蒂芬茫然地看着地板。灰落在他的身上，教士站在他的身边。

"我们必须记住，"他说，"主受到的考验比别人多得多。"

他的目光穿过了玻璃窗，摇了摇头，在斯蒂芬的头顶很快做了一个祷告。

"这些都是个人的隐私，戴维，"他说，"你能理解吗？"

"是的，神父。"

"很好，"他搓了搓手，"现在，我相信你的好阿姨玛丽开始做饭了。"

他打开门，走了出去，然后又回了进来。

"啊！"他说，对斯蒂芬眨眨眼，"差点忘了，我听见有人在笑话你的新朋友，斯蒂芬。"

我们都没说话。

"我真的听到了，一个漂亮的女孩子，名字叫……啊，想不起来了。"他又眨眨眼，"很快她们就会追在他后面，也会追在你后面吗？你要留意一下。"

他举起手。

"别焦虑，斯蒂芬。"他说，"你在这里会好好的，普通的生活，和普通人在一起……"

他挥挥手，为我们祈祷了一下，就走了。

"傻瓜！"斯蒂芬鄙视地说，"他就是班尼特学院想要我们变成的那种人。"他模仿着教士的嗓音："你在这里会好好的，普通的生活，普通人。白痴。"

他举起天使，扔在了地上。

"你不了解他，"我说，"他……"

"诅咒他！"他说，"诅咒他该死的普通！诅咒一切！"

他瞪大眼睛，眼睛里闪着泪光和愤怒，他拉着我的胳膊把我转过去。

"诅咒我的母亲和所有一切，"他说，"她曾经想让我死掉。"

"这不可能是真的，"

"不可能？你怎么知道？"

他开始哭了。

"别告诉任何人！"他说，"该死的，任何人！任何人！"

他再次举起那个娃娃，瞪着我。

"活过来!"他厉声说,"动呀,你这个蠢家伙!活过来!"

它在他凹下的掌心里蠕动着。我闭上眼睛,又睁开,它还是这样。他捏了两个锯齿状的小翅膀装在它的背上,又给它按了一个锯齿状的尾巴,他把它举到自己的唇边,轻轻说着什么。

"诅咒他们的一切!"他说。

它的翅膀开始打开,它抬起头,似乎准备飞翔。然而斯蒂芬把它向地上的天使扔去。

我捡起它,举着它,看看它,又看看斯蒂芬。

"你怎么能这样对它?"我说。

"它?"他说,"它什么都不是,它微不足道。有朝一日我会做出真正像样的东西来。我会造出一头怪物,我会造出一个蠢笨堕落并且没有灵魂的家伙。那将是死亡、厄运和谋杀,戴维。你相信我吗?"

我看着地上的天使,看看我手上的小魔鬼。我真的可以看到我以为自己可以看到的东西吗?

"不相信。"我说。

"不相信?"他嘲笑我,"在你见到这一切之后,你说你不相信?"

我点点头,耸耸肩,又摇摇头。

"是的,不相信。我怎么会知道呢?"我看着他的脸,他只是一个孩子,和我们一样。"不,"我说,"我不相信它。"

他把小魔鬼从我手里拿走,他举着它就好像他打算命令它再次行动一般,但他捏碎了它,把它变成了一团土。

"好吧,"他说,"让我们怀疑吧,让我们说不吧,让我们不相信吧。"

"好!"我说。

我站在那儿注视着他,我们之间是飘浮在光线里的滚滚尘埃。我知道我不想离开,我知道我想再看它一眼——会动的陶土,活的陶土。

"你在等什么?"他说,"不会再发生了,你被骗了,就是这样。"

我走到了外面,奥马霍尼神父和疯子玛丽在喝茶,乔迪试着彬彬有礼地坐在他们旁边喝茶。他一看见我,就直挺挺地站了起来。神父举着他的手,继续和玛丽窃窃私语。乔迪和我走到菲林镇的马路上。乔迪宽慰地呼了一大口气。

"我需要听你说明一下。"他说。

我们坐在水车巷的凳子上,抽着烟,盯着天鹅酒吧看。

"那么小屋里发生了什么?"

我看着他。

"什么都没有。"我说。

他看着我。

"你怎么了?"他说。

"没事。"我说。

他还是看着我。

"没事,伙计!"我说。

"好吧。"他说。

但他还是看着我。

18

整整一周,陶土娃娃在我的梦里匍匐、低语。长着迷你翅膀的小恶魔趾高气扬地咯咯笑着、飞翔着。我告诉自己,我错了;我一定是错的,就像斯蒂芬说的,我被骗了。一切都是幻觉。我想,是上帝创造了我们,难道艺术家能像上帝那样?他们的身体里有上帝的一小部分能力?我不清楚,是不是只有上帝能赋予这个世界生命,能创造生命?我不断回想起斯蒂芬的声音:**动起来,活过来**。我不断回想起那些在我眼前浮现的画面。

普拉特在上课时带来了几包陶土,我用手捏着这些泥块,它们又冷又韧,我想要的美妙形状就是出不来,在我手里它们只是一堆傻乎乎的毫无希望的东西。我看了看架子上放着的斯蒂芬做的使徒。我看见乔迪捏出胳膊和腿,眼睛在头顶上,还有鳞片和爪子,我看着他做出了一个多肢的恶心的东西。普拉特把这东西举起来,让我们看。"多么大胆惊人的作品,"他说,"来自黑暗深处,一个真正、真正的怪物。"

他笑了。

"当然,有些人也许会这样说,"他说,"艺术家所做的事就是赋予他的内心一个外在的形式。"

他把怪物的脸放到乔迪的脸旁边,两者居然惊人的相似。我发现玛丽亚在看着我。她举起她做的一匹马,假装它就在她眼前奔跑。她对着我微微一笑，我举起了手。

"老师。"我说。

"什么事，戴维？"

我试着组织一个问题。

"你认为，"我说，"艺术家也是一种神吗？"

"啊哈！"普拉特拨了拨自己的头发，拉拉自己稀疏的小胡子，仔细思考起来。他突然从他身后的架子上拿下一本落满灰尘的《圣经》。

"耶和华神用地上的尘土造人，"他读道，"将生气吹在他鼻孔里，他就成了有灵的活人。"

他合上书，托着下巴在我们面前来回踱步。

"从某种角度来说，我们都是根据他的样子复制出来的。"他说。

一些同学开始把陶土扔来扔去玩，有样东西从他的脑袋边擦过，击中了黑板，普拉特甚至没有注意到，或者他假装没有注意到。

"但是，人类的创造力是否和上帝的创造力平等呢？"他说，"这个问题引导很多人走向一条黑暗，甚至更可怕的道路。对这样一个问题，我们的教士能说些什么呢？在某些时代里，关于这个问题的答案甚至会招致滚烫的油和其他各种酷刑。"他微笑着看着乔迪的怪物。"不，戴维，"他向全体同学说道，"我想一个艺术家就仅仅是一个人类，一个有着超凡技艺的人类，这种技艺确实是由上帝赐予的，但无论如何……人类，"他温柔地把乔迪的怪物放回去，

"我们不能像上帝那样，创造一个灵魂。我们不能像上帝那样，创造生命，但谁又能说，我们创造力的边界到底是什么呢。"

当普拉特喋喋不休的时候，乔迪戳戳捏捏泥土，给他的怪物做了一张可怕的大嘴，他举着它，舞弄着，低沉地说：

"你好，戴维，我来吃掉你。"

玛丽亚在她的凳子上轻轻推着她的小马，还是对我微笑着。

当普拉特闭嘴之后，乔迪用手肘推推我，他非常高兴。

"你永远猜不到我做了什么。"他说。

"你是对的，"我说，"我永远猜不到。"

"我安排了一场和莫德的会面。"他说。

"你在开玩笑。"

"没有，我遇到了斯金纳，我们安排好了，星期二晚上，我们会停战。"

"一场会面，和……"

"我告诉他斯蒂芬·罗斯是个疯子，他的妈妈住在精神病院里，我告诉他就算他是个天主教徒，并且住在菲林镇，他都跟我们没关系。"

我只是看着他，他咯咯笑着。

"这对每个人都好，伙计，"他说，"你应该也是这样想的。"

我什么都说不出来。

"他的确是一块难啃的骨头。"乔迪说。

"谁？"

"莫德，伙计。"

"那么我真的对他很抱歉。"

乔迪大笑起来。

"是的，"他说，"一个贫乏又麻烦的灵魂。"

我低声咕哝，摆弄着我的陶土。我将它放在我的掌心，在凳子上滚着，做出一个傻乎乎的像虫一样的东西。我想起那个娃娃在斯蒂芬的手里蠕动，我想起斯蒂芬轻轻命令它活动。

乔迪把他的怪物举起来。

"你好，戴维男孩，"他咆哮着，"我好饿。"

我摇摇头，叹了口气。

"别担心，"它说，"我会保护你远离可怕的莫德，啊……啊！"

普拉特催促我们继续干活。

"别停下来了，我的艺术家们，也许会有出其不意的作品！"

19

那个星期六,我们去一场婚礼帮忙。新娘是住在里姆巷、名叫薇拉的姑娘,她两年前刚从学校毕业。新郎是一个骨瘦如柴的小伙子,名叫比利·怀特。乔迪曾预料薇拉会死心塌地地嫁给一个像他一样丑的小伙子,但我没有看出来新郎有什么地方像他。在婚礼的过程中,响了一声惊雷,所有来参加婚礼的三姑六婆都盯着屋顶,担心着她们的帽子。不过,等他们出去拍照的时候,雷雨已经停了,所有的东西都快干了。阳光下,他们站在圣帕特里克的雕像旁,圣帕特里克穿着兽皮,披着野性的长发,脚下还盘踞着几条蛇。然后家族里的小伙子们都松了领结,开始抽烟,说笑。女人们谈论着彼此的帽子,对一些滑稽的场面尖叫几声。小孩在教堂的台阶上跑来跑去。奥马霍尼神父一边唠叨一边微笑。我和乔迪的眼睛盯着那些宾客,想着哪里可以赚点小费。我看见玛丽亚也在,和一个女人站在一起,看上去一脸疲惫。比利·怀特叫我们过去,说薇拉想要穿着教服的我们站在他们夫妻两边一起拍照,留作纪念。他说,这样他们之后就能回忆起这个好日子的一切。他问我们愿意吗?我们耸耸肩,当然,我们说。我们分别站在新娘和新郎的两边,一起拉着手,仰望天空。蔚蓝的天空有着蓬松的云朵,当我眼睛追逐白云的时候,感觉自己有点摇摇欲坠。咔哒一声,一个闪光,然后比利握着我们的手,他说,如果我们愿意接受一点小小的馈赠，他和薇拉会非常高兴，他给了我们十先令，乔迪把钱塞进兜里。

"十先令！"我们低声说。

"我说过，比利是一个好小伙子。"乔迪说。

然后他们又和奥马霍尼神父拍了一张照片，神父站在他们的旁边举着手祈祷。

我们正打算回到教堂，脱掉我们的教服，这时玛丽亚过来了。

"她看上去美极了，是吗？"她说。

我站在第二格台阶上，乔迪继续往上走。我深呼吸了一下，目光从玛丽亚移到薇拉。

"是啊。"我说。

"她是我的表姐，不过她很笨是吗？"

"什么意思？"

"在她这个年纪就结婚了，我可不会这样。"

"不会怎么样？"

"不会跳入婚姻的陷阱，我会消失在浩渺的蓝色远方！"

我看到比利在雕像旁搂着薇拉，亲吻她。玛丽亚对我笑笑，她耸耸肩。

"好吧，"她说，"我只是过来说声'你好'的。"

"你好。"我说，她的眼睛太可爱了，比天空还蓝。"我喜欢你的马。"当她转过头去的时候，我说。

"什么马？"

"你在普拉特课上做的那个。"

她把手指放在了嘴唇上。

"那匹马，戴维，其实是一头狮子。"

她笑起来了，然后我们互相凝视着对方，那些戴着帽子的女人又在担心她们的脑袋。

"我不参加后面的招待会了。"她说。

"哦。"

"只有火腿三明治、尖叫的小孩和最后吐得一塌糊涂的男人。"

她望着天空。

"今天很适合散散步。"她说。

"是吗？"我说。

"你想去走走吗？"

我能感到乔迪在催促我离开她，她抬头看看他，转转眼睛，又回望着我。

"你去吗？"她说。

"好的。"

"那我就在这儿等你。"她说。

"好。"我说。

我试着让自己平静下来，我走上台阶，教堂上空的云朵就像天使的翅膀。

20

"你打算跟那个谁去干吗?"乔迪说。

"就是散散步,乔迪伙计。"

"散步? 那我们要干的事情呢?"

"我们要干什么?"

"我们平时干的呀。"

"什么事?"

"我怎么知道,闲逛之类的吧。"

"乔迪伙计,我们又不是连体婴儿。"

"你能再说一遍吗?"他一把扯下他的教服,"去散步?"

我们正在圣器室,通常我们在教堂的这个房间里换衣服,那儿有一个巨大的十字架,有放酒和放举办圣礼的物品的柜子,用来装教士法衣的大抽屉和衣柜。蜡烛架、香料盒、一堆堆祈祷书、赞美诗集,一叠叠身上插着箭的跛足圣徒画像、去世的神父或主教的肖像。墙上还钉着一张圣餐台服务男孩的轮值表。

我把白色的教士法衣从头上套出来,解开了我袍子的扣子,脱掉了它。

"你可以一起来。"我说。

"哦,是吗? 然后玩小醋栗乔迪吗?"

我擦了擦牛仔裤上的青草污迹,刮了刮鞋子上的泥。把袍子和法衣都挂在横杆上属于我的位置，乔迪也都弄好了，他可没再看我。

"那儿会有她的伙伴。"我说。

"你的意思是怪物吗？"

"乔迪，伙计。"

"我会去温迪诺克那里瞧瞧，也许会去拔拔鸟毛。"他噘起嘴唇，故意娇滴滴地说，"你就和你可爱的小女人去美滋滋地散步吧。"他朝圣器室外走去，"可别在星期二出去散步。"他说着跑出了教堂，厚重的门在他身后关上了。

我跟着他出去，遇到了回来的奥马霍尼神父。

"谢谢，戴维。"他说，"你和你的小伙伴干得非常好。"

他眨眨眼。

"十先令！"他说。

我走出阴暗的教堂，步入明媚的阳光下。我在教堂前的台阶上犹豫了一下。我的目光越过菲林镇落在河面上，河水闪烁着光芒，它曲折向东流往地平线，流往大海。

我深呼吸了一下，让自己冷静下来，然后走下去和玛丽亚碰头。我们两个都挺害羞，刚开始散步的时候，十分拘谨，连手臂都不敢动，唯恐碰到对方。我们不知道该说什么。我们沿着桑德兰路走，到了冬青山丘公园。那里像往日一样整洁，花坛里种满了花，草坪、树篱都被修剪过了，灌木丛也被打理过了，土地也都被耙过了。我们走近一块保龄球绿地，看见穿着白衣的人们从树篱的缝隙里穿过去，看见完美的方形植物，听见木球相互撞击的咔嗒声，时而有笑声和掌声爆发。在灌木丛和周围的高树间都有小鸟在大声歌唱，管理人员看见了我们，当他一跛一跛向我们走来的时候，他的卡尺嗒嗒作响。他没说什么只是眯起眼睛，对着我们举起一根手指以示警告。

"好吧。"我对他说，"我们不会惹麻烦的，皮尤先生。"

他给我们看了一个小黑本，还假装在上面记了些什么。他捏起一个拳头对着我们摇了摇，然后转身一跛一跛地走了。

"他曾经说过话吗？"玛丽亚说。

"只有在他喊叫的时候，"我说，并模仿着他，"我雪亮的眼睛盯着你，男孩！扔掉你的鱼钩，臭孩子！"

我们继续走，走出公园，走到冬青山丘。我们穿过天鸽俱乐部，隔着朦胧的玻璃可以看见正在喝酒的模糊人影。我们又因为那个以为是马其实是狮子的话题笑了起来，她说她有时觉得和动物在一起比和人在一起更自在，特别是和那些大人。

"我不想长大，"她说，"不要像这儿的大部分人一样，你懂我的意思吗？"

我耸耸肩。

"他们都被驯化了，"她说，"他们都是一些悲哀渺小的生命。"

"对。"我说。

"我以前想要当一名修女，觉得这很特别，并且可以离开这里，但当我了解到那需要贫困、贞洁、顺从、沉默，我想也许我不太适合当修女。"

"我也想过当教士，就是怀特神父来跟我们讲课的时候。"

"哦,他可棒了!"

我们继续走着,有时我们的手会轻轻触到,我们沿着破乌鸦路,朝水车巷走去,那儿已经濒临小镇边界,路两旁种着小树。我们经过了我们的左邻右舍、亲朋好友,他们会向我们打招呼,我们也会挥手回应。他们互相推推手肘,大笑或微笑着。

"看看他们,"玛丽亚说,"就好像没有别的地方可以去。你好,克莱尔姑姑!"当一个女人提着超市的大包小包匆匆经过我们的时候,她叫道。

我们继续走。

"你认识斯蒂芬·罗斯,是吗?"她说。

"是。"

"他离开家了是吗?"

"是。"

"有一些关于他的传言,是不是真的?"

"不知道。"

"人们总是在胡说八道,是吗?"

"对。"我说。

"他和气吗?"

"不。"

"他怪吗?"

"是的。"

"好的那种怪,还是可怕的那种怪?"

我想了想。

"都有。"我说。

我们继续走着,到了布洛克花园,我们看见了疯子玛丽的房子。我让手轻轻碰了一下玛丽亚的手。我看着天空,这么蓝,云朵白得耀眼。我歪了歪头,眯起了眼睛。

"你在干什么?"玛丽亚说。

"你觉得那些云是天使吗?"我说。

"你认为是那就是,"她说,"那是你的思维在运作,普拉特就是一个傻瓜,但他有一点是对的,我们能想象一切。"

我们继续走着,到了古老的铁门前,它锈迹斑斑,歪歪扭扭,上面的锁多年前就烂了。

玛丽亚眯起眼睛,像我一样望着天空。

"只要看着这一切就好。"她深深吸气。

21

"这就是你和乔迪·克雷格经常来的地方,"她笑着说,"这是你们的秘密场所吧。"

"你怎么知道?"

她睁大眼睛,摆了摆手。

"我和弗朗西丝·马龙什么都知道!让我们进去吧!"

我没动,自从见识过斯蒂芬和他的刀子之后,我再也没有进去过。但现在既然停战了,不管怎么样,玛丽亚已经穿过了大门,走了进去。她一边低头避开山楂树,一边解开她的头发。

"走吧,戴维。"她说。

和一个女孩子一起走进去感受完全不同,我闻着灌木丛里散发出的腐烂的、小便似的或者洋葱似的味道。我感受到脚底的泥巴,野玫瑰的刺和挂在我腿上的荆棘。路上微风阵阵,又温暖,又湿润,在这里时间好像变得更加漫长。懒惰的苍蝇在我们周围嗡嗡作响,采石场的墙上有经年累月的涂鸦。她说她爸爸以前常到这里来挖土,或者找水仙花的球茎。就像其他人的爸爸一样,我说,也许菲林镇所有的花园都只是这个大花园的一部分,万物化为绿叶,花朵竞相绽放。这儿的报春花、凋谢的水仙花,还有一些更为漂亮的花朵,一定孕育自古代布洛克花园里的种子。

我们走到陶土池塘,站在池塘边,环顾四周,玛丽亚说这里真是太美了，我完全明白她的意思。

"这是一个很适合谈心的地方，"她说，"人们打算推平这个花园，推倒那些古老的房屋，用石头填平，然后造一座新的庄园。"

"我听说了。"我说。

"他们是白痴，"她说，"他们会把新街道称为'美丽广场'或'可爱大道'，但他们永远不会明白，他们破坏了一座天堂。"

她望着天空。

"阻止他们！"她叫道。

我们绕着池塘走，脚下是灰白色的泥，她滑了一下，我拉住她的手等她站稳。洞穴外的火堆已经烧尽了，我们到了洞口，当我们向里望去的时候，我屏住了呼吸。

到处都是泥像，小妖精坐在石壁龛里，还有一些小猪和小龙。一些还没完成的东西斜靠在墙壁上，它们都是黑乎乎的，覆盖着灰。玛丽亚跪在地上，摸了摸一个怪异的小人。

"他从火里做出来的。"我说。

"谁？"

"斯蒂芬·罗斯。"

我踢了踢灰烬，一个蜷缩着的陶土身体躺在那里。

"我见过他的使徒，"她说，"太美了，这些塑像的样子都很奇怪，但它们依然很美。"

我又扫视了一圈洞穴，乔迪也许会大发雷霆，莫德和斯金纳、波克也许会毁了这里的一切。然而，我看到了写在洞穴顶部的白色的字，那些以前莫德写的警告以及我们写的东西都被抹去了。现在

· 怪物克雷 ·

只有几个简单的字眼。

谁破坏这里的任何东西，必将有报应。S.R.

"真是不可思议。"玛丽亚说。

"他拥有不可思议的生活。"

"只能感谢上帝。"她说，像每个菲林人会说的那样，她画了十字。我们坐在两块靠近的石头上，我又拉起她的手，她也没把它拿开。采石场有各种声音：滴答声、嗡嗡声、风声，有些声音一定是一些小动物从泥土下发出的。鸟在歌唱，什么东西在不远处哼哼唧唧，它靠近了一点，停下，又跑开。

"你相信某种能力吗？"我说。

"什么意思，能力？"

"说不清楚，能力，就是一种别人无法做到的力量。"

"奇迹，你的意思是？"

"有点像，你相信有人能塑造出某种东西，并使它复活吗？"

她看着天空，眯起了眼睛。

"那不就是女人做的事情，"她说，"生出宝宝，又会爬又会叫。"

"啊哈，确实，"我说，"血和肉，但能不能制造出没有血肉的东西呢？从陶土里造出来的，然后活了？"

我们低头看着火堆，在灰烬里隐约可见一个臀部、一只脚、一个天使的肘部。

"人们说世上一切皆有可能，"她说，"你能听说各种故事。"

"是啊。"

"就像那个婴儿。"

"什么婴儿?"

"伊丽莎白女王时代的一个婴儿,它浑身都是毛发,本来是手的地方变成了爪子。你听说过吗?"

我摇摇头。

"弗朗西丝的妈妈认识一个以前在那儿当护士的人,她看见过它,她说,它半人半狗。"

"半狗?"

"是,它还活了一会儿,然后才死的。"

"怎么会有这种事?"

我们互相摇了摇头。

"他们说,那是一个从斯东尼盖特来的女孩生出来的。"她轻轻说。

"不会吧。"

"是的,他们说那个女孩从此发了疯。他们还说有比这更奇怪的事情,就连医生都不知道的事情。畸形的人、怪胎,毫无原因可以解释,完全不可思议。"

她摸了摸她的手背、她的肩膀、她的脸颊。

"所以我们能长成这样,应该感到高兴,"她说,"但是……"

"有人说,有朝一日我们能在试管里制造出生命。"我说,"使用化学、电子或者核能造出的鲜活的生命。"

"麻烦就在于,"她说,"我们不知道界线在哪里。"

"我们会造出怪物的。"

"是啊,也许怪物会针对我们、威胁我们、终结我们。"

我低头看着灰烬中的雕像。

"这就是你想问普拉特的事情,对吗?"她说。

"是的。"

她身体前倾,调转头,以便正对着我。

"因为你已经得到了某种力量,所以才问的吗?"她说。

"我?别傻了。"

我们又沉默了下来,那个发出哼哼声的小东西已经离我们而去了。我想,大概是一只狗,或一只刺猬,玛丽亚也听到了,她看着我。

"一只刺猬。"我说。

她点点头。

几百只蝌蚪正在池塘里游泳,它们中的大多数已经没有了尾巴,长出了腿。玛丽亚用一根树枝搅着水面,看着蝌蚪们被弄得围着树枝团团转而咯咯直笑。

"这儿有很多死狗。"她说。

"听说过,还有死猫。"

"一麻袋一麻袋的小狗小猫。"

"蝌蚪以什么为生?"

"鱼或者小虫子。"

"死的。"她低声说。

"死的。"

她搅得更快了，水面旋转飞溅起来，当我们盯着看的时候，一只青蛙从黑暗的湖底游了出来。

"哦，看！"她说。

"我们叫它出来。"我说。

"你好，青蛙先生。"她说。

她笑了。

"看看它，"她说，"好滑稽的东西，只是一只普通的青蛙而已，即使是最普通的东西看上去也挺不可思议的，不是吗？"

我见它游到了池塘边，栖息在一块石头上，在太阳底下闪烁着光芒。

"对，"我说，"相当不可思议。"

我们能看到它的喉咙在鼓动，它的心脏在跳动，它坐在那里看上去很安静、很丑陋，也很可爱、很怪异。

"看呀，小蝌蚪们！"她说，"这是你们巨大的爸爸。"

突然一条草蛇游了出来。它从黑暗的地下破土而出，一口把青蛙咬到嘴里，它把青蛙紧紧咬住，青蛙又是挣扎，又是踢腿，但无济于事。蛇先把青蛙的脑袋吞了下去，几分钟内就完事了，它闭上嘴巴，青蛙在它的肚子里隆起一团。蛇一动不动地待了一会儿，然后蜿蜒滑行，慢吞吞地回到自己的窝去了。

"哦，"玛丽亚屏住呼吸地说，"哦，天哪！"

我们的手紧紧握在一起，互相看着对方的眼睛。

"这……"我说。

"令人震惊。"她说。

我们都在发抖,我们看着四周莫名的地面,看着采石场黑暗的边缘,看着洞穴里围绕我们的寂静的雕像。

"我想我们该走了。"玛丽亚轻轻说。

我们沿着池塘走,天空上云朵在变红,我眯起眼睛,从这个角度你能想象出,现在仿佛存在什么更稀薄、更黑暗的东西。我们磕磕绊绊地离开了采石场,向大门走去,我们听到后面有什么声响,回头望去,却空无一物。我们笑了,但我们走得更快了,那发出声响的东西离得更近了。有什么东西匆匆穿过,那地底下的声响被推到了一边。我们再次大笑,但我们开始手拉手地奔跑起来。我们从山楂树林里穿过,刺挂在我们的头发上、我们的衣服上。我们推开通向水车巷的大门,重新走上吹拂着微风的街道,我们咯咯笑着,回头看,空无一物。

"我们真傻。"玛丽亚说。

我们吻了对方,我们抱得紧紧的,将嘴唇牢牢地按在一起。当我们分开一步的时候,她嘟囔道:

"看。"

我转过头,斯蒂芬正站在疯子玛丽的前门看着我们。

"可怕的家伙。"她轻轻说。

他朝我们走来。

"你好,戴维。"他说。

他的目光穿过我们中间,落在花园里。

"什么东西跟着你们?"他说,他的眼睛睁大了。"回去!"他叫道,"我告诉你,回去!"

我们往后看，当然，什么都没看到。

"什么都没有，"斯蒂芬微笑着，"你们被骗了。"

然后他看着玛丽亚。

"这是谁？"他说。

"如果你一定要知道的话，我的名字叫玛丽亚。"玛丽亚说。

她转身离开。斯蒂芬拉着我的胳膊，朝后退了一步，在我耳朵边轻轻说：

"我知道你需要什么了，这是你的使命，戴维。"

我试着挣脱。

"别为女人操心。"他说。

他在我眼前挥了挥手。

"哦，看！"他说。

他指着，我看见莫德远远地出现在街道上，也在观望着。

"很好，"斯蒂芬说，"他不会来的，现在不会。"

突然，他吻了我的脸颊。

"你干吗？"我说。

我挣脱开来，他大笑起来。

我匆忙跑到玛丽亚的身边，她放慢了速度，我们回头看见斯蒂芬走进了房子，关上了疯子玛丽家的门，也看见莫德转了个弯，消失了。

"太奇怪了，"她凝视着我，"你们之间有什么事吗？"

"什么意思？我们之间没什么。"

她回头看看，又凝视着我。

"男孩真奇怪。"她说。

我试图摆脱她的目光,她的眼睛突然睁大了。

"来了!"她说。

我连忙转过去看,什么都没有,我们笑了起来。

我想再次吻她,但她躲开了。

"你真傻,"她说,"我们真傻!"

22

黄昏，我们在中立区域碰头。我们选了赫沃斯的墓地，站在最古老的那块地方，那里的坟墓都已经风化得很严重了。我们周围有一些细细高高的树，枝条上有很多黑色的鸟巢。我们的那块墓碑像桌子那样高，黑乎乎的。斯金纳和波克站在一边，我和乔迪站在另一边，天空已经失去了亮光，蓝色渐渐褪变成灰色。

"他在哪里？"乔迪说。

斯金纳耸耸肩。

"也许在天鹅酒吧，我们跟他说了七点钟，现在才没过多久呢。"

"你确定他同意停战的事情了？"乔迪说。

"那是他说的，"斯金纳回答，"你不相信他吗？"

他大笑起来，把他的袖子捋上去，露出他的伤痕，就在前臂上有一道细细的伤疤。

"这个印记永远都会在。"他说。

他看着我们，死一般的冷淡。

"你们的伙伴是一个疯子。"他说。

"他不是我们的伙伴。"乔迪说。

"不是？"斯金纳说。

他是一个瘦高结实的小家伙，关节硬得像石头一样，在我们的一次斗殴中，他用头撞了乔迪，直到现在乔迪的鼻子上依然有那次战斗留下的疤。但那次也是他把莫德从我身边拉开，当时只有他大叫："住手！你会杀掉他的，伙计！"然后很迅速地检查了我的喉咙和我的脸，随后笑着跑开了。

我们等待着。我的手指抚过那些长眠地下的人的名字，这里长眠的全是布洛克人，都死了足足一百年以上了，墓碑表明他们曾经赢得了荣耀。我想象着他们分崩离析，肉身、血、骨头化成泥，化成尘，直到现在已经无法将他们和土壤、泥土分辨开来。我看着两块墓碑，仅仅几天前两个小孩子被埋葬在这里，他们现在变成什么样子了？他们现在有多接近尘土？

"也许我们会再次融合，"我发现自己居然说出了声，"也许我们将弃之而去。"

波克咧嘴笑了。

"害怕了吗？"他说。

我摇摇头，几个月前的一天我和他干过一架，一直打到两个人都筋疲力尽。没人获胜，我痛了好几天。那些擦伤和瘀伤过了很久才消退。"这是怎么回事？"妈妈看见我身上的这些伤痕时问道，但爸爸说别紧张，就是这些事而已。他摇摇头，说道："小伙子们。"

天更黑了，我们还是等着，然后斯金纳轻轻说：

"看！"

是莫德，他正笨拙地穿过墓群。

"莫德！"斯金纳叫道，"我们在这里！"

莫德走到了他们的前头。

"嗨，莫德。"波克说。

莫德瞪了他一眼，噘起了嘴唇。他握起拳头朝脸上擦了擦，点燃了一支烟。他的眼睛定定地看着我，眼神无比空洞、死寂。

"有什么说的？"他咕哝道。

没人说话，他一拳击在墓碑上。

"有什么说的？"他说。

"那个带刀的男孩不是我们的伙伴。"乔迪说。

他舔了舔他屈起的指关节。我仿佛看见了五年后的他，笨拙、缓慢，一个巨大的肠胃，一个没人会注意的、烂醉如泥的笨蛋。他指了指我：

"他是他的伙伴，我看见他在和他说话。"

"是的，"乔迪说，"但……"

莫德又猛捶了一下墓碑。

"闭嘴！我看见他了。我看见这两个小宝贝，窃窃私语的家伙。"

"小宝贝？"斯金纳说。

"我看见那个新来的家伙亲了这个家伙。"

"亲吻？"斯金纳说。

"对，还有一个女孩子，她也全都看到了。"莫德盯着我，"难道我在说谎吗？"

我什么都说不出来。他捏起一个拳头，咧嘴笑着，佯装向我走来，这时波克拉住了他。

"这是一个停战协议，莫德。"斯金纳说。

"骗子不能订什么停战协议，"莫德说，他再次捏起拳头，"你是一个说谎的菲林杂种。"他说着，眨眨眼，轮流打量着我们两个。"你们还有什么话要说吗？"他说。

没人说话。在高高的天空中，在树林之外，在教堂之上，出现了一条条红色的晚霞。

"好，那么，"莫德说，"我先对付说谎的杂种。"

"不要。"我轻轻说。

我往墓碑后退去。

"乔迪。"我喊道。

"这是停战协议。"乔迪说，但莫德一拳直接打在他的脸上。

我跑了起来。莫德追了上来。他踢我的脚，我摔倒在地上；他踢我的头、我的肋骨、我的背。我眼前一片黑暗金星直冒，直到有人把他拉开。我蜷缩在一块墓碑旁，墓碑上写着：他们已经成为天使。

"戴维，跑！"乔迪说。

"跑！"斯金纳说。

我挣扎着起来，迅速冲出了墓场，来到水车巷，一直跑，一直跑，直到我看到一个等待着的黑影。斯蒂芬·罗斯，靠在一棵树上，我放慢了脚步，停了下来。

"戴维。"他说。

我看看后面，没人。

"好了，戴维，什么都没有。"

他的声音如此温柔。

"放松点，戴维！"

23

我的家在几百码开外，灯光映照在窗户上，我希望爸爸或者妈妈出来，我希望他们能出来冲着大街叫一声，然后把斯蒂芬送回疯子玛丽家去。但他们没有出来，没有动静。夜色越来越深，斯蒂芬平静地说着什么，把手在我眼前晃了晃。我确实放松点了。我想到那个曾经出现在斯蒂芬面前的天使，想到从他身上涌现的力量。我告诉自己，斯蒂芬·罗斯是某种奇怪而新颖的东西，是某种降临在我面前的东西，是某种我要从男孩变成男人所必须面对的东西。我不能一走了之，所以我对他说：

"你想干什么，斯蒂芬？"

他耸耸肩。

"只需要一两句话。"

我看着我们家门上圣心浮雕的轮廓。**保佑我远离邪恶**，我在心里说。

他摸了摸我脸颊上的伤。

"莫德干的？"他说。

"是的。"

"他最好去死，是不是？"

我没吭声，他温柔地笑笑。

"他会的。"他说，"我们心知肚明。想象一下，没有了莫德，没有了怪物。"

"他很快就会变成一个又懒又蠢的家伙,"我说,"如果他一直这样的话。"

他大笑起来。

"到目前为止,你干得都不怎么样。"

我和他一起笑了起来。

"想象一下如果发生会怎么样,戴维,只不过想象一下,你很快在床上睡着了,然后醒来,又是一个阳光明媚平淡无奇的早晨,你的妈妈对你说,'马丁·莫德死了,你听说了吗?'"

他咧嘴笑着。

"这是一件值得庆祝的事情,是吧?马丁·莫德死了!承认吧,是吗?"

我耸耸肩。

"是的。"我说。

"好,现在听好,我的天使又要来了。"

"你的天使?"

"我以前跟你说过的那个。你不会忘了她吧,她说起过你,她告诉我,你会对我的工作有帮助。"

"一个天使?斯蒂芬,伙计。这都是胡扯。"

"我知道,这很疯狂,这很胡扯,但全都是真的。难道他们在教堂里跟你说的那些不是真的吗?我们不是孤单的,有很多珍奇的东西围绕着我们,所以为什么你要这么惊讶呢?"

我抬头越过路灯光,望着天上的星星。

"这仍然很不可思议。"我说。

"我知道,但也许最疯狂的事情也是最真实的事情。"

当我在思索他的话时候,他又笑了。

"看,"他说,"这儿就有一件非常疯狂的事情。"

他弯腰在人行道边缘的草地上,剥开一点草皮,拿出一小撮泥土。他往里吐了口口水,又吐了一口。他把它放在路灯投射下的暗淡灯光里。

"你也来,"他跟我说,"吐口口水到我的手里,这样你也有一小部分在其中了,试试看,伙计。"

我对着泥土吐了口口水。他用手指工作起来,他又吐了口口水,让我也照做,我吐了。泥土变得又湿又软,他在手心揉搓它:出现了一个胖胖的像虫一样的东西。他把它举到自己的嘴唇边。

"动起来,"他轻轻说,"活过来。"

他让它待在他张开的掌心上。

"告诉他,戴维,"他抬眼看着我,轻轻说,"你也可以,告诉它动起来,告诉它活过来。"

我觉得好蠢,不知道怎么说,但那些字自己进了出来。

"动……活……动……活……"

"强硬一点,戴维。"斯蒂芬说,"命令它。"

他用手在我眼前挥了一下。

我又说了。

"动起来,活过来。"

这东西动了,在微弱的灯光里,它在斯蒂芬的掌心里蠕动起来，就好像在它里面有生命，有灵魂一样。

"看见了吗？"当我们惊讶地看着的时候，他低声说，"你身体里的力量，戴维，就和我身体里的一样。"

我们又看了一会儿这个东西，然后他把它变回了泥土，把手里的土都拍掉了。

"真的很疯狂，"他说，"但绝对真实，你同意吗？你相信吗？"

我摇摇头，我怎么可以不相信。

"我信，"我说，"但我们是如何做到的？"

"那只是一个很小很简单的法术，我们一起能做更多更厉害、又真实又疯狂的东西，这就是天使说的。"

"她说了什么？"

"她说，我的力量和你的力量还不够，她说我们都需要上帝的力量来帮助我们。"

我看着他。

"上帝的力量？"我说，"我们怎么得到上帝的力量？"

"你会帮我们弄到的，戴维，你去拿基督的肉和血，带到这里来，这是你的使命。"

他微笑着。

"你是最好的人选，戴维，你得去偷基督的肉和血。"

"天使告诉你，让我这样做？"

他耸耸肩，两眼死死地盯着我，就好像在恐吓我相信他。

"是的，"他说，"确实如此，天使以神秘的方式行事，戴维。"

"那有什么用处？"

"那将帮助我们制作出一个……"

"一个什么？"

他仔细看着天空，那些比较大的星星。

"一个生物，戴维，一个能站起来，和我们一起走，并且保护我们的东西。"他笑着。"一个怪物！"他在我的耳畔说，"一个该死的怪物！一个能让莫德，或者像莫德一样残暴的家伙胆战心惊的东西，如果我们命令它，它就会为我们杀掉他。"

我又看了看我家的房子。

"快出来，"我心里念叨，"带我离开这里。"

"你下一次弥撒是什么时候？"斯蒂芬说。

我想了一下。

"星期天。"我说。

"那么到时你就去干吧。"

他将什么冷冰冰的金属物放到我手里。

"拿到它们，"他说，"保护好它们。"

是一个小小的圆形的银盒子。

"你能做到吗？"他说。

他看着天空。

"他们，"他说，"有很多神奇的东西正俯视着我们，也许有朝一日他们会向我们现身，戴维，你能做到吗？"

我笑了。我笑斯蒂芬，笑我自己，笑怪物和天使的梦，笑关于会动的泥土的幻想。愚蠢极了，所有一切都疯了。

"你能吗，戴维？"他说。

"为什么不?当然能。"

"好,"他说,"他们会为你感到高兴。"

这时,妈妈的声音传来了。

"戴维?"

她从前门出来,站在花园的门口,从人行道向我走来。

"戴维,你在干吗,戴维?"

我擦擦我的眼睛。

"只不过是跟斯蒂芬在一起。"我说。

"斯蒂芬?"

"斯蒂芬·罗斯,"我看看四周,斯蒂芬不见了,"我刚才在跟他说话。"

"什么时候,戴维?这儿没人。"

我又看看四周。

"戴维,你怎么了,儿子?"

"没什么。"我说。

"这儿没人,"她说,"我压根没瞧见任何人。"

24

在屋子里,她碰了碰我脸上的伤口。

"这是什么?"

我看着地板。

"又打架啦!"她说。

我想摇摇头。

"又打架了。"她说。

她直视着我的双眼。

"这样会导致可怕的结果。"她说。

她又摇了摇我。

"别再参与这种事了,好吗?"她咬着嘴唇,盯着我看,"发生了什么?你在梦游,你吓呆了。"

"不,我没有。"

"你有,站在马路上和并不存在的人说话……"

"他在那里。"

"我没有看见他。"

"他一定是跑开了,你一定是看错了。"

"谁打了你,打得这么厉害?"

她几乎都要哭了。

"没人,"我说,"没事的,妈妈。"

我试着离开,但她不让我走。

"没事?"

"没事。"

她给我几片阿司匹林和一些水。她打开一瓶卢尔德水,用水轻轻擦我的脸。

"我要带你去看医生。"她说。

"不去。"

"你感到头晕吗?感到不舒服吗?"

"没有!"

她看着我。

"不许再打架了。"她说。

"不会再打了。"

"从什么时候开始?"

"现在。"

"你保证吗?你保证?"

"是的!"

她走开了。我喝着茶。不久爸爸到家了,她跟他说了这个事情。

"那人是谁?"他说。

他知道我不会说的。

"管他是谁呢,"他说,"这事必须结束了。"

他用胳膊搂住我,把我从妈妈那里带过来。

"必须结束了,事态会逐步升级,最终失控,这就是可怕的战争的开始,男人……"

"我知道的,爸爸。"

"向我保证,你会了结这事。"

"我保证。"

整个晚上他们都看着我,妈妈不停地问。

"你感到头晕吗?你有什么不舒服吗?"

"没有,"我一直在回答,"没有不舒服。"

"我会结束这个事情的。"我在说谎。

"我保证。"我在说谎。

25

星期天,我在做弥撒的时候偷了基督的肉和血。我就跪在站在圣餐台边的神父的下面,他手里拿着圆形的圣饼,低声说着一些有魔力的话语。

"这是我的肉。"

他又举起盛着红酒的酒杯,低声说:

"这是我的血。"

人们都低下他们的头,闭上他们的眼睛,拍着他们的胸。

饼看上去还是饼,红酒看上去还是红酒。但是一件奇妙的事情发生了,它们变成了基督的肉和血,基督本人和我们一起在圣餐台上。

神父吃了"肉",喝了"血"。

乔迪和我张嘴,伸出我们的舌头,接受属于我们的圣饼。

然后人们离开了座位,朝着圣餐台的围栏走去。玛丽亚在那里,弗朗西丝、我爸爸妈妈、疯子玛丽,以及我们的亲朋好友、左邻右舍都在那里。他们排在通道上,依次跪在圣餐台的围栏前,垂下眼睛,祷告并且等待。我托着小银盘,和奥马霍尼神父一起走到他们面前。他们闭上眼睛,伸出自己的舌头,教士将圣饼按在每个人的舌头上。"基督的肉。"他轻轻说。"阿门。"他们回答。

我将托盘放在每张脸的下面,接住掉下来的碎屑,它们就像一些微小的尘埃，在从教堂高高的窄窗那里倾泻下来的光柱里翻滚、舞蹈，然后躺在一个闪闪发亮的小银盘里。这个小碎粒是从奥马霍尼神父给疯子玛丽的圣饼上掉下来的，另一个小碎粒是从诺琳·克雷格的嘴唇上掉下来的。我们从一张张仰起的脸的面前走过，轻声细语。脸发着光，灰尘和碎粒掉落。然后仪式结束了，最后一个领圣餐的人回到了他的位置。

我跟着神父走上圣餐台的台阶，我略微将托盘斜过来，捏起一小撮碎粒和尘埃，我把它们粘在藏在我教士服口袋里的透明胶带上。我很快又捏了另一撮。在圣餐台上，我把托盘递给了神父，他用手指在托盘里擦了一圈，舔去了基督的"肉"的碎粒，他又做了一遍，以便托盘里再也没有碎粒了，然后他喝掉了最后一点红酒，他用一块洁白的亚麻布擦干净了圣杯的内壁，将它放回圣餐台上。

他说了最后的祷告，然后让大家安静离开，弥撒结束了。感谢主，大家说。

26

我在圣器室里,趁奥马霍尼神父脱他的法衣的时候,捞走了那块沾有红酒渍的布,从抽屉里拿了另一块干净的布替换了它。神父把它放在一个小篮子里,一会儿修女会把这个小篮子里的东西拿去清洗。我把胶带和布都塞进我的牛仔裤口袋里。乔迪看见了,他看着我,我瞪着他。

奥马霍尼神父伸了个懒腰,叹了口气。

"多好的早晨啊,小伙子们!"他说,"你们看见那些照进教堂里的阳光吗?"

"看见了,神父。"我们说。

他想象自己手里握着一根高尔夫球棍,对着一个高尔夫球做出挥动的动作。

"这样的日子,应该在爱尔兰。"他说。

他望着远处,好像望见了壮丽的美景。

"山峦、海滩、海洋、幽谷、布拉斯吉特群岛、岩石,麻鹬的叫声、海浪的声音……你们应该好好看看,孩子们!爱尔兰!这球笔直飞向那里,如此真实,如此真实的绿色,球伴随着美妙的扑通声,掉进了洞里!这就是上帝的领地,这就是。"

他咧嘴笑道。

"但够了,作为替代,去温迪诺克的小球场也不错。"他激动地搓着双手。"你们两个今天又打算干什么恶作剧?"

乔迪耸耸肩,我什么都没说。奥马霍尼神父又笑了。

"我是不是太老了,你们不愿和我分享了?"他眨眨眼,"特别是还有某些女孩子的时候。"

他搂着我们的肩膀。

"你们是很棒的组合,永远都是,现在去吧,开始你们的冒险,我也要去找我那些俱乐部伙伴了。"

当我们要走的时候,他在我们身后叫道:

"要知道,男孩们,我经常觉得我们已经生活在临近天堂的边界了,祝你们今天过得好!"

在教堂外面,乔迪问:

"你要那块布干什么?"

"没什么。"

我试图从他身边走开。

"你怎么了?"他说。

"没什么。"我说。

"你总是溜之大吉。"他说。

"不,我没有。"我说。

"该死的,你就是这样,又是那个女孩。"

"别傻了。"

"你说谁傻?"

"没别人,就你。"

"好吧。"

"你什么意思,我说得对吗,你意思是你真的是一个傻瓜?"
"必须是,居然和你在一起。"
"那就赶紧滚吧。"
"我会的,你也滚吧。"
"我会的。"

于是我们两个都滚了,我跑到高街,穿过广场。我停下来,在蓝铃铛店的橱窗里打量了下自己。我是一个普普通通的孩子,这是我的家乡,一个普通的小镇。我偷了基督的肉和血,我不会再把它们还回去了。我和斯蒂芬·罗斯一起越走越远,如果可以的话,我会做出一头怪物,我靠近橱窗,更近地看着自己,我还是和以前一样,普普通通,只是普通而已。

"会变成什么疯狂的样子呢?"我轻轻说,"在法术之下会变成什么样子?"

然后我忍住心头的痛苦,继续奔跑起来。

27

我在卧室里检查了胶带,基督肉的小碎粒还粘在上头。我把它折起来,放进那个小盒子里。我把布上沾着红酒渍的部分剪下来,也放进了小盒子里。我看着我的成果,一些破烂玩意儿,几乎什么都没有,这些东西难道会拥有力量?我死死盯着它们看,希望它们能做出什么不凡的举动来。

"做些什么吧。"我轻轻说。

它们毫无动静,我的心沉了下去。

"你在干什么啊,伙计?"我对自己说。

我啪的一声盖上了小盒子。

阳光洒进我的卧室,一个明亮澄澈的天空,空空荡荡,只有几个小鸟在附近,还有盘旋在布洛克花园上的雀鹰。楼下在做午饭:飘来喷香的牛排味、蔬菜味,还有一个正在沸腾的布丁。电台里在播放着笑话,爸爸大笑,妈妈跟着电台里那些愚蠢的歌一起唱着。她叫道,饭还有五分钟就好了。我坐在我的床上,做了一些祷告。请千万宽恕我吧。我把小盒子藏在床垫下,我知道也许我的所作所为已经得不到宽恕了。

"戴维!"妈妈叫道,"戴维!"

我走下楼去。

每样东西都淡而无味。

妈妈一直在问我感觉好不好。

"挺好。"我告诉她。

她伸手来摸我。

"我挺好的,伙计!"我恶狠狠地说。

她的手缩回去了。

爸爸眯起眼睛,用手指着我。

"够了,小伙子。"他说。

他摇摇头,我们一言不发地吃着饭,我塞了一口牛油布丁到嘴里。

"小伙子。"他喃喃说道。

接着,我们打开了电视机,电视里正在放一部黑白的老片子《科学怪人》,里面的怪物缓慢地移动着,妈妈被它的笨拙逗乐了。

"还记得我们第一次看这个电影的时候吗?"她对爸爸说,"在科罗纳电影院,有的家伙在叫,有的在跑,有的晕了过去,是不是?我们那时候为什么这么害怕呢?"

爸爸斜了斜身子,腾出一点空间,把他的手臂伸展开来,两条腿僵硬着,然后他咕哝着、咆哮着,假装来袭击我们。

这时,玛丽亚和弗朗西丝正好经过,弗朗西丝从窗口往里瞥了一眼。

"啊!"妈妈说。

"我猜,你现在要出去了?"爸爸说。

"不。"我说。

玛丽亚挥挥手,我不看她,扭头对着电视机,然而从我的眼角,我瞥见她挽着弗朗西丝的胳膊带她走开了。

"你确定吗?"妈妈说。

怪兽在嚎叫。

"确定。"我尖利地说,"确定,伙计!"

"戴维!"爸爸说,"够了!"

"那么阻止我啊!"我说,"来啊,见鬼,来阻止我啊!"

他放弃了,只是瞪着我。

"去你该死的房间。"他说。

我冲到楼上,回到"肉"那里,回到"血"那里,回到恐惧那里。我坐了一个下午。我爬到嵌在墙上的柜子里,在我的玩具堆里找一些最老的东西:拨浪鼓、积木、蜡笔和纸板书,直到发现我过去的橡皮泥桶。所有橡皮泥的颜色都变成灰的了,硬得像石头一样,但当我的手指开始捏的时候,它们又软和了。我记得做过的一些东西:动物、鱼、鸟,我亲爱的爸爸妈妈的小模型。我捏了一个怪兽,一遍又一遍地对着它轻声说:"活过来,动起来。活过来,动起来!"我还捏了一个小小的自己,却很讨厌它,就把它变成一个长着四条腿的愚蠢玩意,还有一个笨重的脑袋垂向地面。"活过来,动起来,"我对它说,"活过来,动起来。"夜幕降临,在外面的路灯下,似乎盘旋着很多天使,他们失望地看着我,一张张不满的脸。

妈妈敲了敲门,然后进来了,递给我一块巧克力。

她笑了。

"橡皮泥!"她说,"还记得以前你有多爱它吗?"

"不,"我说,"好吧,有一点记得。"

她闻了闻一小块橡皮泥。

"让我回想起过去,还记得那时候散落各处的小东西吗?"

"不记得。"我说。

"你一定已经忘了,你想下楼吗?"

"不想。"

她抱着我。

"对不起,妈妈。"我说。

"是关于女孩子的烦恼吗?"

"不是的,妈妈。"

"或者是和乔迪有关?"

"乔迪!"

她温柔地笑了,给我更多的巧克力。

"不管是什么原因,如果你爱的那个人这样对待你,总是不太好,"她说。

"是的,我知道,我……"

她把手指按在我的嘴上。

"好了,对你爸爸说声对不起,这件事就结束了。"

我下楼去,对爸爸说了抱歉,他也说这事就算完了,但其实什么都没结束。我整晚无法入睡,用橡皮泥捏着东西,然后当月光洒落的时候,轻声祈祷、说咒语、命令他们。我不敢打开小盒子,使用肉和血的力量。什么都没有动起来,直到凌晨四点,"请动一下吧。"我轻轻说。有一个小橡皮泥似乎动了一下下,好像是在我的手心里滑行,但那时我正在和睡眠作斗争,我可能是在做梦,或者有另外一种可能性,我已经疯了。

28

"她会甩了你。"弗朗西丝说。

她在走廊里跟上了我,我们一起去上普拉特的课,这是星期五的最后一节课。

"谁会?"

"玛丽亚·门罗,你以为是谁?你上次看见我们的,不是吗?"

我耸耸肩。

"你明明看见我们,却假装没看到,"她说,"为什么她要一个无视她的男孩子,而且你整天在做白日梦?"

"没有这样。"

"没有,人家全都这样说。"

她戳戳我的肋骨。

"你怎么了?你没发现她有多可爱吗?你那个愚蠢的脑子到底在想些什么?"

我本来打算说没想什么,但我没说。

她的手指在我眼前晃了晃。

"你好,"她说,"你——好,有人在吗?"

我耸耸肩。

她摇摇头。

"就是这样,"她说,"我今天会跟她说的,我会说,甩了他吧。"

"让她甩了我吧!"

"她会的,你就是在浪费她的时间。"

她匆匆忙忙地走了,玛丽亚已经在教室里了,我进去的时候,弗朗西丝正在玛丽亚的耳边窃窃私语,还不停摇摆着她的手。她们一起咯咯笑了起来。她们直接看了我一眼,然后转头做了个鬼脸,哼了一声。我坐在乔迪的旁边,他把椅子从我身边拉开了。

"坐下!"普拉特说。

他看了看他的笔记。

"我从哪里来?"他说。

"从你屁股上。"乔迪说。

"啊!"普拉特说,"陶土!"

他举起捏在手指里的一个小球。

"万物的根本,"他说,"一团软绵绵、滑溜溜、不成形状的物质,我们之所以被它吸引,不就是因为它让我们想起自己的本源——无形肮脏的烂泥吗?"

他停顿了一下,环视着教室。

"烂泥,"他说,"确实如此吗?我们能用这个词来形容我们自己吗?"

没人回答。

弗朗西丝扭过头来看着我,她点点头。

"你是在说对吗?"普拉特说。

"哦,是的,老师。"弗朗西丝说。

"那么这儿还有一些相反的意见,"普拉特继续说,"他们认为我们可不是烂泥,而是被庇佑的灵魂,确实如此吗?谁想过?谁想过没有?"他压低了声音,"我们就像天使那样?"

乔迪举起手。

"我这样想,老师。"他说。

"谢谢,乔迪,"普拉特说,"我经常会想,但……"他睁大了眼睛,竖起一根手指,他每次觉得自己无比深刻时都会做这个动作,"真相会在两者之间,会不会是这样的呢?两者兼而有之?我们既是烂泥,又是天使!谁同意这一点?"

"我,老师。"有几个孩子轻轻地说。

"非常好!让我们继续,我们之所以喜欢捏陶土是因为它显示了创造的行为能够……"

"该死,"乔迪小声说,"他没完没了。"

普拉特滔滔不绝,在我们面前来回踱步,闭着他的眼睛,按着他的太阳穴,对着外面的天空。

乔迪想到我了,他在一张纸上写了什么,然后塞给了我。

莫德说的是什么意思?关于亲吻之类的事情。

"嗯?"我屏住了呼吸。

他又写了一张。

亲吻,缠绵之类的事。

他看着我,脸上露出一丝笑容,我伸伸舌头,做了个鬼脸。他的眼睛转了转,嘟起了嘴做亲吻状。我假装在笔记上写什么,但我不知道该写什么。

滚。最后我草草写道。

他假装深受打击。

"你好吗,乔迪?"正说到一半的普拉特问。

"挺好的,老师。"

"很好,有那么一瞬间我觉得我的话对你奏效了。"

"哦,并没有,老师。"

"好吧。"

普拉特轻快地举起手,抓住一个正飞过来的果冻娃娃,扔进了嘴里。

"有时,"他说,"我问我自己,为什么要告诉他们这些事情,为什么要烦他们?"

"因为你是一个傻瓜。"乔迪小声说。

"但我绝不气馁,我告诉自己,有一些人确实在听,彼得、帕特里克、帕克,总是在听,以后也会听,所以……顺便问一下,这些果冻娃娃是谁的?"

"我的,老师。"杰米·凯说。

"我还想要来一个,杰米,给我的那些深刻言论吃,请给我一个红色的。"杰米扔了一个给他,普拉特接住了,咀嚼了起来,继续投入演说。"有可能,"他说,"在一团陶土中,我们看到的是一个没有灵魂的躯体,它激励我们……"

"该死!"乔迪又说。

亲吻,他写,戴维和斯蒂芬·罗斯是……

我看到了,我对他噘起了嘴,他很快写了另一张纸条,卷起来，扔给了弗朗西丝和玛丽亚。弗朗西丝打开了它，她用手捂住了嘴，瞪着眼睛，笑了起来。

"哟！"她说，把纸条传给了玛丽亚。

玛丽亚皱起眉头，她看了看我，眼神很茫然。然后弗朗西丝用手肘推推她，在她耳边说了什么，玛丽亚也开始笑了。

普拉特滔滔不绝。

"咦！"弗朗西丝说。

"怎么了，马龙小姐？"普拉特问。

"老师，"弗朗西丝说，"这很……嗯……"

"困扰吗？"

"是的，老师。"弗朗西丝说。

"那么，可怕吗？"

"是的，老师。"

"确实，是不是想到我们注定要回归尘土？想到我们也许只是造物主某些黏稠、凝固、沉重的玩物……"

"太令人震惊了，老师！"弗朗西丝说。

"的确。"普拉特说。

"胆战心惊。"弗朗西丝说。

她笑了起来。

"没有风度、不知廉耻、令人讨厌，"她说，"玛丽亚也是这样认为的。"

"她也这样认为？"普拉特说。

弗朗西丝捅了捅她。

"哦,是的,老师。"玛丽亚说。

普拉特脸上堆满了笑。

"这只不过是一种想法,"他说,"一种意见。"

他把手放在女孩的桌子上,俯身对她们说:

"我很高兴我能使你们这样想。"

"是的,我们正在思索呢,老师。"玛丽亚说。

"哟!"弗朗西丝说,她转着眼珠看着我,"哟!哟!"

下课后,在走廊里,我想赶紧离开。但女孩们在我身后发笑,乔迪在旁边煽风点火,所以我转身怒目而视。乔迪尖叫一声,假装吓了一大跳。

"去你的。"我说。

我试着对上玛丽亚的眼神,我想对她说:"想想我们当初在采石场。"我想对乔迪说:"你总是我最好的朋友。"但玛丽亚笑着不看我,乔迪傻笑着,我捏起了拳头,乔迪对我挥挥手。

"嗨,那么,"他说,"你试试看,戴维。"

我犹豫了。

"嗨,"他说,"怎么了,你害怕了?"

我迎了上去,我们扭作一团,许多孩子都围拢在我们周围,大叫着,一遍又一遍:

"打!打!打!打!打!"

乔迪一拳打在我的肚子上,并缠上了我,但我挺住了。我一拳打在他的鼻子上,血喷了出来。他尖叫着跳到我身上,我向他的喉咙攻击,我们躺在地板上,咕哝着、大叫着、咒骂着。

"你这个婊子养的!"我们不停大叫,"该死的毒蛇!"

普拉特跑来了,喝令我们停下,我挣脱出来,站起来,俯视着乔迪。

"我恨你!"我咆哮道。

然后我跑了。

29

我走出学校,对着地面吐了一口口水。我诅咒他们所有人!莫德正坐在天鹅酒吧附近,墓地外的长凳上,他喝醉了,半梦半醒,没用的废物。我更靠近他一点,他用浑浊的眼神看着我,根本认不出人。

"死鱼脸,"我恶狠狠地说,捏紧了我的拳头,"你觉得我会怕你吗?"

他咆哮起来,我靠过去。

"死鱼脸,死鱼脸!"

他使劲拖动自己的身体,想站起来,却又跌回到长凳上。

"死鱼脸,胖子,笨蛋!"我说。

我笑了笑,继续走着,直接走到他面前。我闻到他的味道,我恨他。

"蠢猪,"我告诉他,"觉得我怕你吗?"

我捡起一块大石头,在手里掂了掂分量,我想象着,将这块石头砸向莫德的太阳穴,听到他的吼叫,看见他倒下、抽搐,血喷涌而出。这股诱惑的力量过去了,我又轻轻地扔掉了石头。

我敲敲疯子玛丽的门,斯蒂芬让我进去。

"我拿到东西了。"我说。

"好家伙!"

他拥抱了我，我连忙挣脱了。

"那么，让我看看。"他说。

"我没有带在身上，伙计。"

他把我带到厨房，疯子玛丽的前面摆着一杯茶。

"你好，杜南小姐。"我说。

没有回答，斯蒂芬窃笑着。

"你好，愚蠢的疯子少女。"他说。

玛丽死一般寂静，没有回答。

"我们这个周末开工吧。"斯蒂芬说。

他咧嘴一笑。

"我们这个周末将做一个怪物出来，戴维，"他说，"明天晚上，好吗？"

他用手托起我的脸。

"好吗？"他说。

"好吧！"

我瞪着玛丽，她为什么对我们的话无动于衷？

斯蒂芬咯咯笑了。

"看好！"他说。

他脱下他的牛仔裤，把他的光屁股对着玛丽。玛丽一动不动，他又把牛仔裤穿好了。

"来啊！"他说，"继续！脱了你的裤子，也同样做一遍。"

他看见我的脸色，大笑起来。

"只是一个小花招，伙计，看好。"

他把手伸到玛丽面前，打了一个响指。

"五、四、三、二、一，"他说，"醒来吧，玛丽。"

疯子玛丽眨眨眼，抽搐了一下。

"看。"斯蒂芬说，"有人来拜访我们了，玛丽阿姨。"

她看着我。

"我的朋友，戴维。"斯蒂芬说。

玛丽微笑了。

"就是那个在圣餐台旁的好孩子，"她说，"他妈妈也很可爱，想要来一点儿果酱和面包吗，孩子？"她摇摇头，"不过我没听到有人进来。"

"你打了个盹，玛丽阿姨。"斯蒂芬说。

"是啊，"她说，"一定是这样。"

她看看她的外甥，又看看我。

"当我们入睡的时候，上帝也在保护我们吗？"她说。

"当然会。"斯蒂芬说，"他看得见芸芸众生，然后保佑着我们，这是他的使命。"

"我这个孩子总是对我这么体贴。"玛丽说。

她拿了一把刀，开始切起一大条面包，把其中的两片供奉给上帝。

"这世上的一切都是属于你的。"她说。

斯蒂芬哼哼了一声。

"胡扯，"他说，"是时候让她消停下来了，玛丽阿姨。"她转过来，他的手在她眼前拂过。

"把面包放下。"他说。

她放下了面包。

"坐下。"

她坐下。

"你现在睡着了,玛丽,"他说,"只有我通知你的时候,你才能醒来。"

她的眼睛还是睁着,但已失去了光芒。

斯蒂芬咯咯笑了。

"只是一个小花招,"他说,"有些人更容易受影响,她就是,小菜一碟。"

他看着我。

"如果你想学的话,我可以教你,"他说,他更靠近了一点,挥动着他的手,用一种做作的、幽灵般的声音说道。

"睡睡睡睡睡觉,"他说,"睡睡睡睡睡觉。"

他笑了,轻轻弹了一下她的鼻子。

"去吧,"他说,"试试看,伙计。"

"让她去。"我说。

"让她去。"他又用一种孩子气的语调重复了一遍,靠得更近了一点。"我也能对你和其他人做这种事情,"他说,"我能把你变成那种样子,我让你想什么,你就想什么。"

我们互相瞪着对方,我握紧了拳头,打算再次开战。

"也许我已经这样做了,"他说,"而你压根不知道,也许你正跟疯子一样坐在椅子上,你只是在梦里,是我掌心里的傀儡。睡睡睡吧，睡睡睡睡吧。"

"滚开，斯蒂芬。"我说。

我抓住了他的衣领。

"试试看，小心我杀了你。"我说。

他极力挤出微笑，摇着头。

"我不会的，"他说，"我不会那样做的，戴维，相信我。"

"你爸妈到底出什么事情了？"我说。

"这跟这一切有什么关系吗？"

"不，关系大着呢。"

他对着地板吐了口口水。

"我杀了我的爸爸，然后逼疯了我的妈妈，"他说，"这就是你想听到的吗？"

"不是的。"

"不是，不是。听听你在说什么。"

我放开了他，我想要离开，但他抓住了我的胳膊。

"我需要你，戴维。"他说。

我用力挣脱。

"我确实需要你。"他说。

我转过头去，我们四目相对。

"当我和你在一起，"他说，"我知道我会不一样，我可以做到单凭我一个人做不到的事。"

我叹了口气，是真的，我知道我也不一样了，我知道和他在一起的时候，我可以做到单凭我一个人做不到的事，我知道有什么事情在同时吸引着我们两个人，不知怎么，我们注定在一起，无法再回到我过去的生活了，除非我经历了必须和他一起经历的事。

"所以我们星期六开始做吧。"他说。

"好，星期六，现在让玛丽醒来吧。"

他唤醒了她，她微笑着，充满着疑惑。

"别再做这种事了，"我说，"她不是玩具。"

"我不会了，戴维。"他说。

"星期六。"我说。

"在洞里，天黑以后，我会在那里。"

"我也会去的，再见，杜南小姐。"

我朝房门走去。

"但你还没吃果酱和面包呢！"可怜的疯子玛丽喊道。

第三章

30

星期六晚上,我躺在床上,等着天黑。没有月亮。楼下房间里的电视声嗡嗡作响,我听见爸爸的笑声。地狱盘旋在我的脑海里,烈焰焚烧,魔鬼横生,那些一会儿刺一会儿戳、窃笑的小鬼们。我听见罪人们的号哭,我想象着地狱的永恒,时间永远没有尽头,没有机会得到解脱或宽恕。"让我一无所信,"我轻轻说,"除了生命别无其他,用陶土塑造身体,让上帝离开,让灵魂只是幻想,让死亡只是腐烂的骨肉。"我碰碰那个小盒子,"除了污迹、碎屑、胶带、破布什么都不要有。"爸爸的笑声又从下面响起,"什么事都不要发生,"我说,"这只是一个该死的恶作剧,上帝、世界、灵魂、肉体。恶作剧,只是一个愚蠢的恶作剧,什么都不是,什么都不是。"

一会儿他们上楼了,妈妈探头进来看我。

"晚安,儿子。"她小声说,"晚安,晚安。"

我假装睡着了,没有回她一句晚安,她走了,再次关上了门,那时我真想叫住她。

"妈妈!回来,妈妈!"

但我依然躺在那里,我试着清空我的脑袋,试着进入一个空无一物的世界:没有世界,没有房子,没有房间,没有戴维。但那个就是戴维,那个戴维在一小时后从床上爬起,轻轻穿上衣服,拿起小盒子，走出房间，慢慢地下楼，在门口犹豫了片刻。然后他打开了门，夜晚寒冷的空气涌了进来，戴维希望他的妈妈叫住他："你在干吗，戴维？"戴维希望听见爸爸下楼的声音，然后阻止他，把他带回去。戴维在他的身后关上门，什么事情都没有发生，戴维一个人走入了夜色之中。

31

大家都早早进入梦乡,菲林镇的路上空无一人,楼上的窗户亮着几点零星的灯光,橙色的路灯光很黯淡,只照亮人行道边树下黑黝黝的角落。天鹅酒吧的灯全关了,几辆汽车从旁边的支路开过。远远传来一丝歌声——也许是一个开到午夜的家庭聚会,一场婚礼或者是守丧。我尽量悄无声息地走着,浅浅地呼吸,轻轻地走,几乎不挥动我的手臂。我听见一个花园里有吠叫声,我逼着自己不去害怕。声音又传来了,更近了一点,我继续走着,脚步更加轻柔。又吠叫了,到底是什么东西,就在我背后。"别跑。"我小声说。它又叫了一下,我的眼睛转过去看,一个黑乎乎的四脚着地的东西,它走了过来,当我越来越靠近花园的时候,它在门口对着我,就站在那里,眼睛闪着亮光,牙齿闪着亮光,口水从它张开的嘴巴里淌下。

"好孩子,"我喃喃说,"好孩子。"

它没动,我摊开我空无一物的手,给它看。

"瞧,"我告诉它,"我是好人,我不会威胁到你。"

它叫了一下,往前了一点儿。

"请别这样,"我低声说,"好孩子,好孩子。"

它还是往前逼近,还吠叫。

我蹲下来,手在地上摸索。我摸到一块碎掉的锯齿状的石头,我抓住它，把它从泥土里挖出来。当那个家伙朝我冲过来的时候，我举起了石头，一下子砸在它的脑袋上，它叫喊着，呻吟着，从我身边溜走。它回头看着我，我又举起石头，它连忙逃走了。

我扔掉石头，匆忙穿过大门。

32

"停下!"斯蒂芬说。

他在洞里,周围点着一些蜡烛,他举着手。

"每件事都很顺利,"他说,"我们就要把这里变成一个神圣的地方了。"

我在洞口犹豫了一下。

"你应该画一个十字,"他说,"洗清你的罪孽。"

我照做了,然后我一阵眩晕,浑身发抖。地上有个躯体,后来我看清其实不是躯体而是一团陶土,塑造成人的样子:躯干、腿、胳膊、笨拙的脑袋。我撒腿想跑,但斯蒂芬笑起来。

"就是他。"他说,"或者是他的半成品,向他问好,小心别踩在他身上。"

当我跨过他的时候,我都不敢往下看。

"你从家里溜出来的?"斯蒂芬说。

"是,但外面有条狗。"

"这周围总是有狗,你拿来肉和血了吗?"

"拿了。"

我把小盒子递给他。他打开盒子,检查了里面的东西,高兴地感叹起来。

"我没法拿到完整的。"我说。

"没关系，一点点就会有力量了。"他把小盒子放在岩石里的架子上，"你做得很好，你该得到奖赏，现在拿着这个。"

他递给我一件白色罩衣，上面画着一个月亮、一个太阳、一些星星和一个十字架。他自己手上也拿了一件。

"你就这样穿上，"他说，"我用疯子的床单做的。"

他把它套进脑袋里，这衣服一直垂到他的膝盖。

"快，戴维，"他说，"如果我们希望工作顺利的话，就得把这些事都做好。"

我穿上我的。

"我们现在看上去像该死的教士了。"我说。

"对，但像的是古代的教士。"

"什么意思，古代的？"

"这是一切的开端，戴维，在那个时候，所有的教堂、鬼话、没用的奥马霍尼神父，以及班尼特学院都没有。也没有圣帕特里克教堂，没有什么愚蠢的弥撒，让人穿着最好的衣服说些傻乎乎的祷告词。追溯起源，是教士在荒野中发现了他们的力量，是一些跟我们一样的家伙，有能力的家伙，在洞里玩法术的家伙，半开化的家伙，真正接近上帝的家伙。今天晚上你将会成为一个古代教士，戴维，今晚你将在这个世界上使用你的法术。"他对着天空转了转眼珠，张开双臂说道，"今晚让宇宙的力量在我们身上显现吧，跪下，戴维！"他让我挨着他跪下，把我的手放在一个完成一半的陶土人的躯体上。

"这就是我们的创作，戴维，"他说，"今晚我们将完成它，让它活过来，让它走进世界。"他俯身对着那个作品的脑袋说，"这是戴维，他和我一样将成为你的主人。"他对我一笑，"现在戴维，给我更多的陶土。"

我们从陶土池塘里挖出更多的陶土，我们跪着把那些又稠又湿的陶土揉入那个人的身体中，我们全神贯注地做着这件事情，有时我完全忘记自己身在何方，如果有哪个菲林人闯入采石场，就会看到我们是如何疯狂。我们不断告诉对方："让它更漂亮一些。"不断加入更多陶土，"让它更强壮一点，"我们说。我们湿漉漉的手指游走在这个人的表面，"让它更光滑一点，像真的皮肤一样。"我们俯身于我们的作品上，修改它的瑕疵，打磨细节，看到我们作品那么美丽，又是微笑又是感慨。在我们完成胸腔之前，斯蒂芬将一朵枯萎的玫瑰按入其中作为心脏。我们合拢胸腔，用我们的指尖刮出肋骨的形状，我们在头骨里放了一个七叶果果实作为脑子，我们塑造出脸部的特征，用无花果种子作为眼睛，灰泥作耳朵，干掉的山楂果子当鼻孔，树枝和草当头发。

"我们把他做得像个花园，"斯蒂芬说，"用各种生物装点了他，这个……"他拿起小盒子，"这会是他的灵魂。"

他犹豫了一下，我们往下看着那个人，他在烛光下闪着微光。

"灵魂的位置在哪里？"斯蒂芬说。

"我小时候觉得它在心脏那里。"

"但有人跟我说，在脑子那里。"

"也许全身都有吧。"

"也许无关紧要，随便放在哪里，生命力会将它传遍全身。"

我将手指按在他的腹部，开了一个口子。

"放在这儿吧？"我说，"接近他全身中心的地方。"

斯蒂芬将它深深按入，又重新捏好了他的身体。

我们跪着，看着，为我们的作品感到敬畏，这个人这么漂亮、这么光滑、这么强壮，我感到沾在我手上的陶土一点点干了，变硬了。

"现在干什么？"我说。

"我们观察一下，然后祈祷。"他的手在我眼前挥了一下，"我们相信，戴维，我们要相信我们的力量能造出一个人来。"他又挥了一下他的手，"今晚你会看见奇迹。"

月亮升起了，挂在采石场的边缘上，它的光辉洒在我们的洞里、我们的身上，以及地板上那个死一般寂静的躯体上。

"动起来，我的作品。"斯蒂芬轻轻说。

我也轻轻跟着他说。

"动起来，我的作品，动起来，活过来吧。"

33

　　随着时间流逝,我们祈祷,我们乞求,但一点动静都没有。月亮爬了上来,悬在天空一动不动,它的光芒洒在陶土池塘死一般寂静的水面上。蝙蝠出来了,还有猫头鹰、白色的小飞蛾。我们做的那个人静静地躺在那里,当他逐渐变干,他身上的光芒暗淡了下来,我时不时去碰碰他,我知道如果他活过来会是一个多么可爱的家伙,所以我继续祈祷他能活过来。时间一点点过去,我们的低语变了,我们的嘴里迸出一些超乎自然的吟唱,仿佛它们并不来自我们,而是来自这夜色、这风、这月光,吟唱的字眼和说出来的字眼不同,是一些来自我们内心深处的声音,像某些生物的叫声,像复杂的鸟鸣、夜晚的鸟鸣。我们仿佛也不再是我们了,但我们变得更加微妙,更加神秘,不再附着于我们的身体、我们的姓名。我的目光常常从地上的身体移向斯蒂芬,期待看见他消失,看见他变成没有任何实体的暗影或精灵。他发着光,摇摆着,好像就要从我的视线中离开。所以我们互相凝视着,以保证我们还停留在这个采石场,这个世界里。在我们之间,什么都没有发生,那个人躺在地上一动不动。

　　"在班尼特,"斯蒂芬说,他的声音好像某个抖动的吱吱作响的遥远的东西,"这世界上有一小簇我们这样的人,很神秘的一小簇人。我们过去总是在夜晚相会,就像我现在和你在一起一样,一天晚上一个叫约瑟夫·威尔逊的孩子消失了，那个晚上他曾经和我们一起在碗橱里，然后他就消失了。"

我挤出一个词。

"消失？"

"半梦半醒，我们以为他死了，我们想他的身体和灵魂可能进入一个精灵的世界。第二天早上教士认为他可能是趁大家睡熟的时候逃走了，又过了一天，人们发现他在学院里的桦树林里蹒跚行走，衣服都被撕裂，眼神很浑浊，什么都想不起来。他花了几天的时间来恢复他的知觉，但他没有说发生了什么，去了哪里。"

"这就是你被踢出来的原因？"

"不，那次他们把他踢出去了，然后告诉我们他会对我们产生不好的影响。还有另一个孩子，丹尼·基根，他画了一个黑夜里的东西。"

我只是看着他。

"一个带着角的矮胖玩意儿。我们又开始在晚上胡闹，祈祷或者施咒，丹尼发现这个玩意儿在他脚下跑。我们想抓住它，但被它跑了，然后我们看见它在走廊里，拍动翅膀飞走了。丹尼说他一直在祈祷，求神赐给他一个神迹。"

"在班尼特你做了这些事？"

"仿佛已经过去很久了。我们那时是小孩子，离开了家。我们做了各种各样的事情，直到他们设套抓住了我们。"

"他们是怎么做的？"

"他们送来一个毒如蛇蝎的人，罗根，温文尔雅却虚情假意。

他是一个老生,马上就要成为一个教士了,现在他在贾罗的一个教区里。他骗了我们,他说他会告诉我们一个得保守到老的秘密,生与死的秘密,当基督再次降临,圣徒们必须知道的事,教皇千方百计隐瞒的事。所以我们就让他晚上到我们这里来,我们在他面前做了一些事,譬如让桌子漂浮起来、占卜感应、灵魂出窍,以及催眠。我们告诉他约瑟夫的事、基根的事,还有一个叫普鲁马的孩子的事,他可以半个小时不呼吸,并且和鬼怪说话。我们早该料到,他是一个奸细,他告诉了教士们,教士们说是我领着这些孩子走上了邪路,所以他们把我赶回家了。"

他俯身,抚摸着那个可爱的躯体。

"他们说我是邪恶的,戴维,他们说我是魔鬼的代表。"

他的眼睛在烛光下闪闪发亮。

"你认为我是邪恶的吗?"

我摇摇头,我祈祷,我碰触那个身体,我抬头望着月亮,月亮还是没动。

"活过来,"我小声说,"活过来,动起来。"

我们的声音再次响起,再次变成一首超乎自然的、没有歌词的吟唱,而躺在我们之间的那个身体依然一动不动。

34

我们往这个人身上撒灰,因为斯蒂芬说,他可能会从旧的生命中生出新的生命,我们还从陶土池塘里取水洒在他的身上,因为我们觉得他可能会像种子一样生长,我俯在他的身上,对着他的鼻孔吹气,就像上帝用泥土造人时做的那样。我们古怪地低语,我们站着、摇摆着,开始跳舞,我们乞求他、恳求他。我开始觉得,今天晚上不会再发生什么了,然后斯蒂芬再次说起他被送回家的那个夜晚。

"我被一辆汽车送回了家,没时间思考,没时间祈祷、坦白,或说再见。你相信吗?前一天我还在那里,第二天就被扫地出门。我离开了那扇沉重的大门,离开了所有的男孩、教士,所有的祈祷者、小便的味道,所有的果酱、面包、树木,我们经过了池塘,穿过了大门,前往惠特利湾。送我的那个教士长着一个尖鼻子、厚嘴唇,又邋遢又老,他压根没看过我一眼,在前往惠特利湾的路上,他只是在默默祈祷。我的爸爸妈妈完全不知道发生什么事了。妈妈正在厨房里煮培根,爸爸正在花园里种卷心菜,我和教士一起下了车,手上拎着我的旧箱子。他给了他们一封写满我如何邪恶的信,'这是一个魔鬼,回家来了。'他说,'你们多保重吧。'然后他就走了。"

斯蒂芬指着那个人,提高了嗓门:"动起来!活过来!"他的声音在洞穴里回荡，传到了采石场，传入了夜色中，但陶人毫无动静。

"那么你的爸妈呢，"我开口说道，"他们怎么样……"

"撕心裂肺，嚎啕大哭，他们说他们努力好好活着，努力引导我走上正途。我说也许他们认为对的事情其实都是错的，也许我们应该疯狂地活着，也许我们应该前往荒野，住在森林里的帐篷里，浑身长满毛，粗野地生活，又恐怖又可怕。爸爸摇着头对我说：'你不能这样！'我说我就是这样的，然后他们哭得更凶了，妈妈抱着我，要我向她坦白我所做的事情。"

"你坦白了吗？"

"是的，我告诉了她一些事情，我告诉她，很多写在信里的事情都是谎言；我告诉她，我的一些真实情况；一些依然是谎言，最后我也搞不清楚哪些是真哪些是假。回顾在班尼特的岁月，就好像在回顾梦境，无法知道真相，无法知道什么是对、什么是错。但是我们安定下来了，我们待在惠特利湾的家里，并没有去什么森林。我去学校上学，就好像我和其他从班尼特回来的孩子一样，只是有一点点不专心、一点点野而已。他们继续上班，妈妈是海边一个茶馆的女招待；爸爸在轮胎厂清洁机器，每件事都很普通。我们是些普通人，过着普通的日子，但心里还是会有暗潮起伏。妈妈开始酗酒，把杯子盘子都砸碎在厨房地板上，她剃去了自己的头发，还声称要割腕。我被学校开除了，因为我诅咒了校长，还说上帝在1945年就死了。爸爸无法承受这一切，他说我们应当去澳大利亚从头开始。然而一个晚上，我们正在吃牛排、腰子布丁，看着电视,他突发中风,死了。"

他停了下来,目光穿过闪烁的烛光望着我,就好像在确认我有没有跟上他的节奏。

"你当时在吗?"

"就坐在他的对面,戴维。就好像现在的我和你那么近,我认为他是被布丁噎着了,但其实不是,他从椅子上摔下去,然后就死了。"

我们沉默了一会儿,我们坐在陶人边上。

"我很抱歉。"我轻轻说。

"没什么。"斯蒂芬说。

但我望过去,发现斯蒂芬哭了。

35

"你见过什么人死去吗?"斯蒂芬小声说。

我摇摇头。

"在那个晚上之前,我也从来没有见过,就好像他的身体里突然起了疾风暴雨,他的眼睛里充满惊恐,然后他的呼吸中断了,倒下,然后就没有然后了。那时,我和妈妈跪在他的身边,一切都停止了。没有呼吸,没有脉搏,没有心跳,什么都没有了。他死了,这个好男人现在一动不动,正在慢慢变冷,已经变回一团陶土了。"

他的眼泪滚落下来,我们陷入沉默。

"我本来可以救他,戴维,"他说,"如果妈妈没有突然对我发疯。"

"什么?"我说。

"她哭哭啼啼,直接冲入夜色,冲向街对面的电话亭。'我们要叫一辆救护车。'她说。'等等。'我告诉她,'我能把他救回来。'我拉着她的胳膊,但她已濒临崩溃,用手使劲打我。她冲到街上,我从窗户里看见她在电话亭里,对着电话愚蠢地叽里咕噜地说着。我锁上了门,躺在爸爸身边,在他耳朵边说说,呼唤着他的灵魂。'回到我们身边吧,回到这个世界来吧,爸爸。'我用双手捧着他的头,呼唤着日月星辰以及整个宇宙的力量,我呼唤着上帝的力量。'把爸爸送回我们的身边吧!'"

他往下看着自己的手,仿佛依然捧着他爸爸的头。他看着我,眼神怪异而狂野。

"这是真的，戴维，就和我们现在一起在这个洞里一样真切，你相信我的吧。"

"有什么发生了吗？"

"你相信我，我才告诉你。"

我瞪着他，他等待着我，然后我说了一句真实而疯狂的话。

"是的，我相信你。"

"好！"他吁了一口气，"我抱着我的爸爸，我呼唤他回来，真的有变化了，戴维。我感觉生命重新回到了他的身上，我感觉到他的灵魂在涌动，我感觉到他微弱的呼吸，我感觉到他心脏有微微的跳动。哦，戴维。他正在回来，这太好了……然后门被砸开了，救护人员将我推开，开始按我爸爸的胸口，结果他又死了。"

他叹了一口气。

"我妈妈用手捂着脸，她含糊不清地说着什么，发着疯，她盯着我看，就好像我才是疯子。"

我们互相看了一眼。洞里重新死一般寂静，没有变化，没有光亮。斯蒂芬·罗斯和我就在那里，在洞里，在采石场，在古老的布洛克花园里。我看着斯蒂芬低下身子，在躺着的陶人耳边轻言细语。

"现在，进入这个世界，到我这里来，到斯蒂芬·罗斯这边来。我呼唤你，我的作品，动起来。"

然后我看到这个人动了。他的手臂抽动了，他转过了头，直视着斯蒂芬·罗斯的眼睛。

36

要是你会怎么做？你跪在那里，一团死气沉沉的陶土在你眼前有了生命？跪在那里，只是看着这个陶人转转他的肩膀、扭扭他的脖子，就好像是睡了一大觉后伸个懒腰？跪在那里，说："我们真做了一个了不起的家伙，斯蒂芬·罗斯？我们不是拥有惊人的力量了吗？"斯蒂芬已经容光焕发了，他欣喜若狂，一只手指着天，另一只手指着我们创作出来的作品。他时而细语，时而咆哮，时而祈祷，时而歌唱。我？我灵魂出窍，我从他们身边跳开，我穿过陶土池塘，穿过采石场，穿过山楂树林，穿过塌落的拱门，站在水车巷的月亮下。周围是如银的屋顶、漆黑的窗户、死一般寂静的花园，逾越一切之上的是菲林镇深沉漆黑的沉默。我想要倒下、想要死去，我希望地面裂开，伸出狰狞的利爪，把我拖下地狱。但这一切都没有发生。我扯掉了罩衣，用它擦干净身上的泥土，把它从拱门那里扔进花园。我一个人奔跑着，脚步落在坚硬的地面，从睡着的房子那里传来回声。我悄悄返回我的家、我的房间，我告诉自己，告诉自己一切都是幻象，都是梦境。我告诉自己，告诉自己其实什么都没有发生，我一直都躺在床上，我只不过是看见一个虚构的叫戴维的男孩，在虚构的夜晚创造出一个虚构的东西。我告诉自己不能尖叫，别再低语，别再发抖。我告诉自己到了早上一切都会好起来的。然后早上到了，爸妈上楼来叫我，告诉我该去教堂了，今天是我去圣餐台服务的日子。我洗漱穿衣，下楼去，傻傻地站着，脸色发白，爸妈问我有没有什么不舒服。

"没什么，"我尖厉地说，"我挺好的。"

他们的眼珠转了转，摇摇头，然后就不管我，开始谈论一条狗的事。

"小狗？"我说。

"对，"爸爸说，"莫莉小姐可怜的狗。"

"它叫鲍里斯，"妈妈说，"她养了一只可爱的拉布拉多犬。"

"好像晚上有些坏家伙打死了它。"爸爸说。

"可怜的鲍里斯，"妈妈说，"可怜的莫莉小姐。"

"谁会相信有这种事？"爸爸说。

"这是在菲林镇，"妈妈说，"谁会相信有这种事？"

我离开了家，朝教堂走去，一个阳光灿烂的早晨，没有风，明亮而刺眼的光芒。人们匆匆而行，充满好意和善意。"早上好，戴维。"他们经过我身旁会打招呼，"你好，孩子。"他们会友好地拍拍我的肩。

乔迪和我互相不看对方，也不说话，我们穿上我们的法衣和袍子。

"你们两个都好吗？"奥马霍尼神父说。

"很好，神父。"乔迪说。

"那就好。"神父说，他离开我们，低下头，轻轻祈祷。

整个弥撒期间，我都在想我会倒在地上，昏过去。当圣餐过来的时候，我低下头，没有去拿它。奥马霍尼神父轻声说："戴维？"

但我依然闭着眼睛，低着头，没有去拿它。我在我的朋友、我的家庭、我的邻居的面前，举着银色的盘子，我望着这些仰起的纯洁无瑕的面孔。

弥撒结束后，我想撒腿就跑，但奥马霍尼神父站在我身前。

"现在，那么戴维。"他说，他的声音很温柔，很温柔。

"是，神父。"我轻轻说。

"你都好吗，戴维？"

"都好，神父。"

"你快乐吗？"

"不知道，神父。"

他把手按在我的头上。

"这是美好的生活。"他说。

"是的，神父。"

"但生活永远都没被设计成轻松容易的。"

"对，神父。"

"当然，那么，"他叹了口气，望着屋顶，陷入沉思，"我想你昨晚没来忏悔吧，戴维？"

"没有，神父。"

"也许你应该尽快来一次。"

"好的，神父。"

"'好的，神父。'好吧，那么，现在走吧，去追你的伙伴吧。"

我离开圣器室，穿过教堂，走出前门，很多人都站在院子里，说说笑笑。我企图不被人看到偷偷离开。我听到弗朗西丝和玛丽亚在笑，我听见妈妈在叫我，我想不理她。这时，身边有人倒抽一口冷气，一阵窃窃私语。

"死了？"有人轻轻说，"死了？"

然后妈妈到了我身边。

"怎么了？"我说。

"一件可怕的事，一个男孩被发现死了。"

我闭上眼睛，不敢呼吸，不敢说话。

"他的名字，"她说，"是马丁·莫德。"

37

我回过神来发现自己站在水车巷,人们三三两两,有的站在树的下面,有的靠在篱笆上,有的坐在长凳上,或者坐在花园的矮墙上。我们各自站着,或互相小声议论。我一个人,没人理我,我很害怕。两辆警车停在公路上,有一个警察在布洛克花园门口把守。在周日早晨的阳光下,他银色的头盔闪着光。他两腿分开站着,抱着双臂,不时回过头看看花园,其他警察正在里面。

我想大喊,"快离开!怪物会抓住你们!跑吧!跑吧!"

有人用手肘捅捅我,我回头一看,是乔迪。他脸上还带着我们打架留下的伤痕。

"死了!"他轻声说。

他的脸正视前方,捏着拳头,睁大了眼睛。"死了,戴维!"他勉强在脸上挤出一个笑容,压低了嗓音。"该死的梦想成真了!"

然后妈妈和爸爸走了过来,乔迪的脸一下子又朝向前方。

"似乎是一些孩子发现了他。"爸爸说,"他一定是走到采石场的边缘了。"他低声说,"前面救护车来过了,把他的尸体抬走了。"

"他倒在地上了?"我说,"你的意思是,摔死了?"

"一定是的,也许是晚上的什么时候,据说他浑身都是……"

"可怜的灵魂。"妈妈说。

"你们两个和他熟吗?"爸爸说。

"不是那种可以帮忙的关系。"乔迪说。

"麻烦精?"

"硬得像钉子一样。"乔迪说。

"我听说,"爸爸说,"酗酒对一个男孩子来说……"

"他摔死了?"我说。

"对,可怜的孩子,他摔倒了。"

"他可是很可怕的。"我说。

"是吗?"爸爸说。

"对,"我说,"相当可怕!"

"嘘!"妈妈说,她用胳膊搂住我,"不要说死者的不是,戴维。"

"不管怎么样,这个花园要被关闭了,"爸爸说,"没有什么可以阻止他们关闭这里,重新填埋了。"

我们都看着那个拱门。

"这向来就是一个危险的地方。"妈妈说。

"也是冒险之地。"爸爸说。

"好吧,"她说,"冒险之地,一切都要追溯到当我们还是……哦,看吧!"

另一辆警车来了,一位个子小小的笨拙的妇女下了车,一个女警察扶着她穿过了拱门,人群立刻窃窃私语起来。

"是莫德太太,"妈妈说,"可怜的人。"

女警察带着她进去了。

"她只是想要看看那个地方,"妈妈说,眼里含着泪。"合情合理。"她紧紧拉着我,好像在保护我。我屏住呼吸,等着那些尖叫声,等着她们惊恐万状地跑出来,后面跟着一个怪物,但什么都没发生,周围只有哀叹声和私语声。

"可怜的人。"妈妈又说,她转向她的朋友们,和她们轻轻谈论起来。"哦!"她说,"我知道,这是一件多么多么悲哀的事。"

我看着她,一件悲哀的事?一个像莫德那么残忍的畜牲?

她说着,点着头,耸着肩。

"在佩劳镇众所周知,他爸爸在工场里当焊接工,他掉到一艘轮船的水箱里,摔断了背,很快就死了。索赔的事情持续了多年,这种事情一般总是这样,但最后总算解决了,几百英镑,一小笔津贴。然后虽然莫德太太越来越脆弱,越来越操劳,但那个男孩子却越来越野,莫德太太管束不了他,一家不知道一家的难处。男孩年纪轻轻就开始喝酒,似乎她无法拒绝为他付酒钱。他这么高大、强壮,看上去就是一个大人,他们经历了悲痛,所以看事情往往是另一个角度。现在他也摔死了,她又失去了他,到如今她还剩下什么,可怜的人。"

我们凝视着拱门,什么都没发生。

"她不希望我们这样围观吧,"她说,"来吧,让我们回家去吧。"

我又多站了一会儿,看着,等着,什么都没有发生。阳光倾注在这个世界上,如此明亮,如此澄澈。我蹲下,在路边刮下一点土,把它放在掌心。"动起来。"我喃喃地说,当然不会有什么动静。这个早晨在水车巷之外的一切事情似乎都是想象出来的,一个不真实的梦。我试着说服自己,马路对面的这场灾难和我毫无关系。莫德喝醉了,摔死了?那么我呢?我试图告诉自己我被愚弄了,我被欺骗了,我被催眠了,我被……

"戴维?"妈妈说。

"嗯。"

我把土撒回地面,站起来,和爸妈一起走了。

疯子玛丽站在她的花园门口,旁边就是斯蒂芬。当我们经过的时候,她睁大了眼睛。

"这就是那个棒棒的圣餐台男孩!"她说,"还有他的好爸爸和好妈妈。"

"你好,玛丽。"妈妈说,她扶着玛丽的前臂,玛丽满面笑容,非常高兴,"你一切都好吗,玛丽?"

"挺好的,"玛丽说,"我刚刚醒来!"

她握住我妈妈的手。

"对面发生了什么事情?"她小声问。

"哦,有些麻烦事,玛丽。"

斯蒂芬看看我,如此平静。

"当我们还在梦乡里的时候。"他说。

"对,"玛丽说,"你们相信吗?我才醒来!"

她脸上闪过一丝疑惑。

"还做了一个很滑稽的梦!"她说。

她闭上眼睛,把手放在头上,好像要从她的内心深处拽出回忆。

"是一个怪物!"她说。

"一个怪物?"妈妈说。

"是啊,一个怪物到了我的房子里!嘻嘻嘻嘻。真的是一个怪物!"

她睁开眼睛,用手捂着嘴巴咯咯笑起来。

"客厅里全都是巨大的脚印!嘻嘻嘻!现在他在小屋里睡觉呢,他正在那里睡觉!嘻嘻嘻嘻!他正在那里睡觉呢!"

38

那天中午,两个警察来了。爸爸去开了门,但他们要见的是我。爸爸让他们进来,他们一个是福克斯中士,另一个叫格兰德。他们站在那里,胳膊下夹着他们的头盔,手里拿着笔记本和铅笔。他们没有坐下来。

"现在,那么,孩子,"福克斯中士说,"有两个问题,然后我们就走。"

"好。"我说。

"第一个,"福克斯中士说,"你知道死的男孩是谁吗?"

"知道一点。"我轻轻说。

"大声一点,戴维。"妈妈说。

"好。"我说。

我在发抖,内心在尖叫。

"很好,"福克斯中士说,"你知道他一些什么吗?"

"譬如?"我说。

"譬如,他是个什么样的孩子?他做过些什么?他的……爱好,诸如此类的。"

"就是他的内心世界,说说看吧。"格兰德说。

我耸耸肩。

"不知道。"我说。

"他躲他躲得很远。"爸爸说。

"是吗?"福克斯中士说。

"是的,"我说,"我……"

"你怎么样……?"福克斯中士说。

"害怕。"我说。

警察们潦草做着笔记。

"你最后一次看到他是什么时候?"福克斯中士说。

我想了想。

"星期五放学后,在天鹅酒吧外面,他……"

"喝醉了?"格兰德说。

我点点头,他们叹了口气,摇了摇头。他们知道,他经常如此。他们和我的爸妈小声说了几句,然后又转向我。

"他给你带来过麻烦吧?"格兰德问。

"有时。"我说。

"所以他躲得他很远。"爸爸说。

"好吧,"福克斯中士说,"我们已经和你的伙伴乔迪·克雷格谈过了,他告诉了我们这些情况。"

"现在,那么。"福克斯中士说,他快速浏览了一下他的笔记。此刻,我觉得他会拿出弄脏的罩衣,开始问我昨晚在洞里发生的事,开始谈谈那个陶土怪物,开始问我是否知道一只狗,但这一切都没有发生。

"真是一件很悲惨,很悲惨的事。"中士说。

他看着我的眼睛。

"还有什么你想告诉我们的吗?"他说。

"任何看上去重要的事情或想法?"格兰德说。

"没了。"我说。

福克斯中士拍拍我的肩膀。

"别往心里去,"他说,"事情已经发生了,我们要远离这些,他们也许是……"

"成长的一部分。"格兰德说。

爸爸把他们送到门口,我听见他在说,我是一个敏感的孩子,但我会恢复的。

妈妈拥抱了我。

"我们会给马丁妈妈送花的。"她说。

她战栗了一下。

"都是上帝的旨意。"她说。

39

那天晚上我醒来了，窗口有什么动静。我拉开窗帘，看见了怪物，他就在那里，在街上，在路灯下，瞪着我。他很巨大，一个巨大的黑影，我知道他要我下去，我知道他要我跟他说话，我听见我内心的声音。

你是那个造就我的人，主人，我是你的。

"走开，"我小声说，"我不想要你！"

他一动不动。

你想要我干什么，主人？

"什么都不！离开！变回陶土！"

他低下头，沉重地从路灯下离开，走进黑暗。

"等等！"我小声说，"跳回陶土池塘去，走开，该死的！去死！"

40

第二天早上，乔迪在学校门口等我，他装成我们之间什么事情都没有发生一样，好像我们之间从没有干过那一架。他抓住我，一把搂住了我。

"梦想居然他妈的成真了！"他咧嘴笑着。

我挣脱了他，他还在笑。

"我知道，"他说，"我知道，这很可怕，他的一生太可怕了，但所有这一切都无法改变这样一个事实，他是一个该死的怪物。"

"他是什么？"我说。

"诚实一点，你这家伙。难道你在听说这件事情的时候，没有一点点想要欢呼？"

"没有。"

"没有？你确定？就像以前我们说过的，如果这个世界没有了他，会变成一个更美好的地方。甚至连波克和斯金纳都为此高兴——就算他们不会承认。"

"你怎么知道的？"

"我昨天看见他们了。我敢说，他们几乎不敢直视我，就是他们发现了他。他们计划昨天早上一早在采石场碰头，然后在那里等我们，伏击我们。莫德是第一个到的，那时天才蒙蒙亮，然后他就摔倒了。"

我们穿过庭院,乔迪深呼吸了一下,抬头对着阳光灿烂的天空。

"这是一个崭新的世界!"他说,突然他又静了下来,"你知道可以做什么,戴维,是吗?"

"什么?"

"战争都结束了,斯金纳和波克可以成为我们的伙伴了,停战协定变成了和平协议,佩劳和菲林的战争结束了,都成为过去了,这都是因为一个孩子离开了,去世了,很好,是吗?"

我继续往前走,他追上我,大笑道。

"你介意了,"他说,"又不是我要这一切发生的!"当我们走进学校的时候,他捏起拳头。"就是这样!梦想居然他妈的成真了!"

41

这天的最后一节课,普拉特又在喋喋不休,陶土啊,创造力啊。他在教室里大步走来走去,闭上他的眼睛,瞪着天空,泥土子弹和果冻宝宝在他脑袋周围飞来飞去。

"你会走得太远的。"当他说到一半的时候,我说。

他眨眨眼,看了看我。

"对不起,戴维?"他说。

"你会走得太远的,你会创造太多东西。"

他走到我的桌前,俯视着我,很高兴。

"举个例子,戴维?"

"好……"我往下看,我脑子中的念头和话语让我有点困惑,"我们创造的某些东西是……"

"是?"他催促着我。

"我们创造的某些东西是……破坏性的。"

"准确!"他虚晃一拳,转了一圈,"我们创造的东西——某些,大部分——他们本身就是有破坏性的!"

他环顾四周,看着一张张的脸。

"就像?"他说。

"枪。"有人说。

"子弹。"有人说。

·怪物克雷·

"毒品。"

"神经毒气。"

"炸弹。"

"核武器。"

"战争本身。"

"准确!"普拉特说,"准确!准确!准确!"

他闭上他的眼睛,摸摸他的前额。我知道他想要告诉我们某些他认为精彩绝伦的事情。

"这是人类的悖论,"他说,"我们是有创造力的生物,但我们创造的热情伴随着毁灭的热情。"他把两只手握在一起,形成一个交错的拳头,"这两种热情就如此紧密地联系在一起。"

然后他沉默了一会儿。

"感谢上帝,"乔迪说,"你到底是怎么让他开始的?"

我绝望地在桌子上滚着一团陶土,我发现玛丽亚正看着我,她看上去那么冷淡,那么陌生。我的目光移开,穿过窗户,穿过庭院,这是一个有雾的中午,我看见怪物在遥远的铁篱笆那里。他紧握着铁栏看向我,我听见他的声音在我脑海响起。

我是你的,主人,告诉我我该做什么?

"不。"我倒抽一口冷气。

"你怎么了?"乔迪说。

"我们会创造什么呢?"普拉特说,"什么时候我们的能力得以强化?我们会造出什么怪物出来?"

我看见我的怪物沿着篱笆踱步,想要找到进来的路。

"我,"普拉特说,"是一个乐观主义者,我相信正义的力量会打败邪恶的力量。"

怪物蹒跚着朝大门走来。

"发生什么事了?"乔迪说。

"但有没有这种可能,"普拉特说,"我们创造的东西将会反过来对准我们,毁灭我们?"

他瞪着我。

"你怎么想的,戴维?那会是人类的命运吗——我们会受到驱使创造出毁灭我们的东西?"

远远的,怪物快要进来了。

"不,老师,"我说,"我得出去一下,老师,我必须出去一下。"

然后我推开自己的椅子,把普拉特挤到一边,飞奔出去。

42

我沿着小路奔跑，我跑进了墓地，我躲在那里，祈祷着。我希望时光倒转，回到过去，回到那些看起来很遥远很遥远的日子，那些当一个普通男孩的日子，那些斯蒂芬·罗斯没来之前的日子，那些怪物诞生之前的日子。我注视着墓地的大门和阴影，我戒备着怪物。我对着自己咆哮，我是多么可怜。我离开了墓地，朝疯子玛丽的房子走去，我敲敲门，但没人来开门。我从窗口往里张望，看见疯子坐在桌边，瞪着眼睛。我再次敲门，斯蒂芬来了，他让我进去。

"我们一直在等你，"他说，"怎么这么长时间才来。"

他带着我经过一动不动的玛丽，进入花园，进入小屋。阳光从屋顶的玻璃上穿越而下，小屋的边边角角都是些深深的黑影。

我又在发抖了。

"我们还要做什么？"我说。

"你很焦躁，戴维，"他说，"你要先平静下来。"

"我看见他了。"我说。

"他？"

"怪物，他昨晚来找我。"

"也许是你的想象吧，戴维。"

"他今天中午又来了，在学校。"

"不可能是真的。"

"确实,斯蒂芬,是真的。它真的会动了,我们真的做了一个怪物。"

他用手指指一个角落,现在我看到了,那个怪物正站在那里:一动不动,闭着眼睛,肌肉发达,头碰到了天花板。

斯蒂芬微笑了。

"向你的作品问声好,戴维。"

我走出笼罩着我的阳光,走入阴影,站在怪物旁边。

"你做了另一个。"我说。

我大着胆子碰了碰他,有点冷,陶土的冷。

"没有,戴维,这就是他。他和我一起离开了采石场,他在这儿会安全的。"

我碰碰怪物的巨手,我想象着它们会紧紧捏住莫德的脖子。

"莫德发生了什么事?"我说。

"他死了,戴维,他摔死了。"

"摔死?"

"还能怎么样?"一丝微笑浮现在他的脸上,"他一直是一个笨手笨脚的蠢蛋。"

他也来到阴影里,和我站在一起。

"我们的作品存在于生命的边缘,"他说,"他现在处于睡眠状态,只有我们的信仰、我们的愿望才能避免他崩溃,回归尘土,他需要我们的命令,戴维,我们可以让他去做什么呢?"

"什么都不做。"我小声说。

· 怪物克雷 ·

"至少我们应当给他取个名字。"

"克雷①。"我小声说。

"好吧，你好，克雷。"

"你好，克雷。"我小声说。

"很好，戴维，现在戴维，给他下命令吧。"

你是我的主人，我听见，我要做什么？

"什么都不需要。"我小声说。

"什么都不要他做，意味着，他会重新变成尘土。虚无就是他的结局。"

像永恒一般长的沉默和寂静，我们三个之外、小屋之外，空空荡荡。

"你是什么？"我小声说。

"我？"斯蒂芬说。

"是的，你。"

"像你一样的男孩。"

"就这样？"

"你的意思是，我是一个怪物吗？"

我盯着他看，他笑着。

"那么你是什么？"他说。

"一个男孩，"我小声说，"一个普通男孩。"

"男孩能造出这种惊人的东西，别让我失望了，戴维，冷静下

---

① 克雷，在英文中为 clay，与陶土同义。

来。"他用手在我眼前挥了挥,"命令你的作品吧,戴维。"

主人,我要做什么?

我盯着这个令人震惊的家伙,我无法抵抗。

"动起来,"我小声说,"活过来,克雷,动起来。"

我感觉那家伙被拉回到生命的边缘,我感到有灵魂在他身体里涌动。

"活过来,"我小声说,"活过来。"

他慢慢地摆动,把脸转过来对着我。

命令我,主人。

这次我没有逃跑,我看着他的眼睛,强迫自己开口。

"走路。"

怪物穿过小屋,走过玻璃下面的阳光,走进更深的阴影里。

"转。"

怪物转身。

"走。"

它再次穿过阳光,进入我这边的阴影。斯蒂芬·罗斯在笑,好像一切都是一个玩笑。

然后他拿起一个僵硬的陶土天使,把它递过去。

"拿着,克雷。"他说。

这个家伙拿起了它。

"毁灭。"斯蒂芬说。

这个作品用他一双巨手将天使压得粉碎,灰尘和碎片纷纷落在地上,斯蒂芬又咯咯咯咯地笑了起来。

43

"停,克雷。"我说,怪物又停了下来,和我们一起站在阴影里。我碰碰它,靠着它,它的身体里不再有东西涌动了。

"这不可能是真的。"我轻轻说。

"这就是真的,戴维,看看我们的作品。克雷活了,克雷动了,你怎么否定这一切?"

"但这不可能是真的。"

"也许上帝也是这样对他自己说的,"斯蒂芬说,"在他创造我们的那个早晨,这不可能是真的!我不可能做出这个!但他创作的生物站在了地上,让上帝对自己的力量大吃一惊,然后这个生物走路了,然后这个生物敢直视上帝,上帝在他创造出的生物的眼中看见了麻烦,于是为此忧心忡忡。他对自己说,我在这个可爱的世界上释放了什么祸害?但这一切都太晚了,木已成舟。"

我碰碰我们冰冷的作品,他重新等着我们的指令。

"他也许会让我们不复存在,"我轻轻说,"他会毁灭我们。"

"是啊,他也许会,他甚至希望这样呢,记得那个故事吗?上帝制造的家伙非常邪恶,所作所为都是坏事,他们在这个世界上大肆破坏,让上帝几乎发疯,他满怀怒火和诅咒,降下洪水、烈火和瘟疫。但是上帝啊,因为他拥有种种美德,实在太善良了。"

我耸耸肩,注视着在光线中无尽翻滚的尘埃。

"他爱我们,明白吗?"斯蒂芬说,"他认为我们太棒了,他降下毁灭的力量,但他不可能毁灭我们大部分人,他总是会拯救一些。"

"就像诺亚和他一家。"

"对,像他们这样。一些这样的人被认为能转危为安,很好的机会,不是吗?但是不久之后他又被气得发疯,于是又降下烈火、硫黄、瘟疫,但却没有转危为安,年复一年,他越来越崩溃,直到有一天他说'好吧,我受够了,我要走了'。"

"走了?"

"对,他溜走了,戴维,他抛弃我们了,大约是在 1945 年,我估计。"

"1945 年?"

"也许更早一点,你知道:世界大战、集中营、焚化室、原子弹,所有这一切,足够赶走任何人。"

我碰碰生物的脸,我听见他的声音在我的心里响起。

我是你的,主人,告诉我该做什么。

斯蒂芬笑了,他指指天空,玻璃之外是一片澄澈的蔚蓝。

"记得他们以前告诉我们的,上帝在天上,戴维?你见过他在上面吗?"他碰碰自己的胸口,"记得他们以前告诉我们的,你能在你的内心发现上帝吗?你在那里发现过他吗?有吗?真的吗?他曾经回应过你任何一个祈祷吗?"

我耸耸肩,靠在我们创造的怪物身上。

"在教堂吗?你就在圣餐台边上,你看见过他出现在那里吗?"

"但是……"我说。

"他走了，空空荡荡了，戴维，空空荡荡，寂静无声，一切都不复存在了。也许他过去存在过，但这些年来，朋友，那只是一个玩笑。"

"但是上帝的力量，肉和血，你说，我们需要它们。"

"对，我们需要。"他更靠近我，我感受到他的呼吸，我们三个——斯蒂芬、我和克雷紧紧地靠在阴影里。"事实上是你需要它们，戴维，我把那些没用的蠢玩意儿塞进去是因为可以让你相信，这种创造的力量是属于我和你的，戴维，和上帝无关。我们依靠的是自己，戴维。够了，我们现在是拥有力量的人了。"

他咧嘴一笑，脸几乎压到我的脸上。

我听见克雷的声音。

主人，告诉我该做什么。

"但是天使呢。"我说。

"什么天使？"

"在惠特利湾海滩上的天使，那个天使……"

"哈哈哈哈哈哈哈哈，你居然相信？哈哈哈哈哈哈！"

我盯着他，他擦去笑出来的眼泪。

"你比我想象中的还要糟糕，戴维，"他说，"该死的，这都是我编出来的。"

"但她……"

"你真是一个奇迹，戴维，这么天真。"

主人，我该做什么？

"抓住他，克雷，"我轻轻说，怪物张开了他的眼睛，我感受到它身体里的生命，"做点什么，"我说，他对着斯蒂芬，举起了他的手，"揍这个狗娘养的。"

克雷往前一步，斯蒂芬退后一步，但他仍然在微笑，他举起他自己的手说："停！"然后克雷不再动了。

"看见了吗？"斯蒂芬说，"你不能伤害你的主人，是吗，克雷？"他对着我笑。

"你没有伤害马丁·莫德，是吗，克雷？"

"马丁·莫德？"我轻轻说。

"马丁·莫德，戴维，你想问我，那个离开你的亲爱的马丁·莫德到底发生了什么事，对吗？"

我舔舔嘴唇，盯着斯蒂芬的眼睛。

"他摔死了，"我轻轻说，"警察是那样说的，波克和斯金纳也是这样说的。"

"对，哈哈哈哈哈哈！我也是这样说的，不是吗，戴维？竖起你的耳朵，因为我要告诉你真相，没有人知道，只有你自己在猜想的那个真相，也许可能是真的。"

44

"你跑掉了，戴维，这是可以理解的，伙计。你没有想到会有什么事发生，是吗？也许这不是真的，也许你的确期待发生什么事，但一旦真的发生了，对你的冲击太大了，所以你走开了。而我，我是准备好的，我为此准备很多年了。我记得我还小的时候就告诉我的妈妈，当我长大了，我要成为上帝。她那时候总是笑，她总是说，更可能是一个魔鬼。然后亲亲我的脸颊。她总是说，可爱的小男孩，可爱的小斯蒂芬。哈！也许从那个时候开始，她的脑子就不清楚了。你怎么想，戴维？"

"没什么。"

"没什么？但那时候你怎么会知道，你和我来自两个不同的世界，像你这样好的男孩子是不会想成为上帝的，像你妈妈这么可爱的人也不会发疯的，你有想过你妈妈是疯子吗，戴维？"

我摇摇头。

"对，戴维。"他沉默地注视了我一会儿，"你想过你是一个疯子吗，戴维？"

我摇摇头，然后我停下了，我看着斯蒂芬，看着陶土，看着空荡荡的天空，过去几天里发生的事情像鬼魂和梦境一样在我的心里和阴影下一幕幕上演。我又想要逃跑了，跑回家，一遍遍尖叫。斯蒂芬替我回答了他自己的问题。

"直到现在还没觉得是吧，戴维？上帝离开了，而斯蒂芬·罗斯和克雷就在你眼前，没关系，这种焦虑很快就会过去的，哈哈！"

他温柔地戳戳我的胸口。

"也许它不会过去，"他说，"也许它会一直一直一直在那里……也许一直到你临死前，你还会问你自己，'是不是斯蒂芬·罗斯来的时候，我就发疯了？好像自从那以后，所有的事都是疯狂的幻想？'"

我发现我正在靠近克雷，我的肩膀靠在他的胸口。

"不管怎么说，你跑了，"斯蒂芬说，"我不会责备你的，你只是做了上帝会做的事情，更快一点而已。你没有等待一会儿，等到你的作品开始蓄意破坏。只要看一眼就够了，不是吗？我走了！我回到我的床上去了！"

他微笑着。

"站回去。"他对克雷说，克雷笔直走回阴影里，斯蒂芬拍拍他的胳膊。"对，"他说，"好孩子，现在安静地站着。"

我跟着克雷退回到阴影里，他很冰冷，但是他举起胳膊安慰我，好像半搂着我。

靠着我，主人，告诉我该做什么。

"顺便，"斯蒂芬说，"我为你料理了后路，你扔掉的白色罩衣我捡回来了，放在这里，干得不错吧？否则会给他们留下一点证据。"

"什么证据？"

"好吧，如果他们觉得你卷入了所发生的事件。"

他大笑起来。

"别担心，伙计，"他说，"你那天晚上躺在床上呢，就跟我一样。那条狗吗？一定是莫德或者其他在半夜出去的疯子干的。克雷怪物？荒谬。那么莫德？哦，他摔死了，不是吗？一定是的，除非他根本没有摔倒，戴维。"

他微笑了起来，我什么话都没法说，克雷将手臂围在我的胸口。

靠着我，主人。

斯蒂芬盯着我们。

"啊，"他说，"很好，不管怎么样，我听见你飞奔而去，几乎崩溃，我可没有弄出什么动静，我必须接着给这个棒小伙子生命，你走了也没有关系，你已经做了你那一部分，接下去没有你我也可以。"

他停下来，微笑着，思索着。

"是真的，戴维，"他说，"我那一部分还没做，我记得在墓地第一次看到你，你穿着你的法衣和袍子，现在这儿有个和你相像的家伙，我想。"

他咯咯笑着，他拿起一团陶土。他用手指在陶土上戳出眼睛、鼻孔、嘴巴，他在空中晃动着这团陶土。

"你好，"他尖声说，"你好，戴维。"他大笑起来。"还记得吗，戴维？你是怎么跟它问好的，那是一个怎样的时刻啊，一个小男孩被送到我面前，我想。该死的普通，该死的无知，该死的想象力，这就是我想要的男孩。"

他把陶土压扁，又把它放下，我看着他，我的拳头握了起来，我想要揍他，我想要杀他，但我不能动，我要把事情听完。

"所以，"他说，"你走了，穿过泥塘和树林，回到你爸妈身边，回到床上去了，而就在这儿，我们的作品正在自己直起身子，好像在说，'我在这儿，主人，你要我干什么？'他站起来了，真他妈的美，所以我想，好吧，让我们出去散散步，彼此了解一下，看看能做什么。所以我们出发，像两个快乐的小孩出去漫游。多么美好的夜晚，你注意到了吗，戴维？月亮又大又亮，天空万里无云？但也许你那时没有这种心思了。所以我们离开洞穴和采石场，我们到了花园里，我正在说，停下，走路，转身，教他诸如此类的命令，我几乎不敢相信他全部做到了。随着时间流逝，快天亮了，我开始考虑明天的事情，怎么把这个家伙藏起来。然后花园里传来了脚步声。'停，'我说，'待在这儿。'我们站在一棵树下，我朝外张望，是莫德。我不敢相信，但是真的，是他那又大又丑的身影，就是他穿过高高的草丛，笔直朝我这边走来，不，我几乎不敢相信我自己的运气。"他停了停，想了一会儿，"太滑稽了，莫德好像总是能在我需要他的时候出现，就像那天他把你赶进我的门一样。"

"嗯。"我回答。

"嗯，哈。就好像对他来说，这是他的使命，好玩吧？不管怎么样，他来了，他看不见我们，当然，他很可能就直接从我们身边走过。但就像我说的，这是命中注定的，所以我从树下走出来，我说，'嗨，莫德。'他的样子有点呆，但很快他又像钉子一样强硬了。'谁在那里？'他咕哝道。'我，'我说，'斯蒂芬·罗斯。'我看见他的眼睛在月光下闪闪发亮,'斯蒂芬,该死的罗斯。'他咆哮着,开始朝我走来,并说着他想对我干的事。'哦,'我说,'这儿还有一个怪物。'然后这家伙就从树下出来了,莫德愣了一愣……我会让他尝尝这滋味,你的马丁·莫德,他从来没有像百分之九十九的人那样转身逃走过,他站在那里,举起拳头,也许马丁·莫德真的像钉子那么硬,但也许说他和泥土一样厚更准确……'这是我们的敌人。'我对克雷说,'你要摧毁我们的敌人。'于是克雷先生就扑向了莫德,当然莫德没有恐慌,没有逃跑或尖叫,这些行为对于一个像他这样的大块头来说太过分了,他只是在后退,后退。说真的,我们这个家伙可不擅长奔跑。但他看上去意志坚定,一直在前进。'杀,'我说,'杀了敌人,杀,杀!'我嘲笑着莫德,他的脸在月光下死一样苍白。这时他已无路可退,他在采石场的边缘了,像钉子一样硬的莫德惊呆了,他一步都没法走了。'那是什么?'他低声说。'是我的怪物,'我说,'是不是很可爱?''为什么不向他问好?'我说。我等了一会儿,莫德什么都没说,只有含糊地咕哝。'好吧,'我说,'现在我的怪物要杀了你。'我对克雷说:'杀了他!推倒他!'"

斯蒂芬停下来,他伸手摸了摸克雷的脸。

"可怜的孩子,"斯蒂芬说,"对你来说一定很困惑,是吗,克雷?我说着:'杀!杀!杀!'莫德就像个小孩子似的,'别!求求你,别!'哈,如果两个创造者都在会怎么样,如果你只是我的,我想也许你不会犹豫,但有很多戴维的性格影响了你……"

我靠在克雷身上。

"他没有做?"我说。

"他不想照办,但没关系,现在,莫德只是一个呜咽的可怜虫,我把手放在他的胸口,我告诉他,'这是为了戴维和他的伙伴。'"

"为了戴维和他的伙伴?"我倒抽一口冷气。

"对,戴维,当然。然后我推了一下,像一个小猫,撞了一下,叫了一声,跌下去了,再见,莫德。"

他微笑着,我沉默着,我闭上了我的眼睛,我什么都不想思考,什么都不想感受。

"我和克雷,"斯蒂芬说,"早上我们回到了这里。"

他大笑起来。

"我们可以把他训练好,是吗?毁灭!"

我睁开眼睛,在克雷的拳头里有另一个天使,他捏碎了它,在我面前将它碾成碎末。

"看见了吗?"斯蒂芬说,"他很快就会有这个意识,毁灭,克雷!哈哈哈哈!"

45

天空中的光辉散去了,光束和阴暗之间的差别越来越模糊,我和克雷站在一片朦胧之中,他搂着我,我靠在这个不真实的生物身上,感受到了他身体里冰冷的力量,我想要和他一起待在这里。我不想到外面冰冷的世界去,不想面对莫德之死的冰冷真相,不想面对我参与其中的冰冷真相,我不想回到父母、警察、神父知道的真相中去。外面的一切是如此不同,乔迪、玛丽亚、普拉特·帕克,他们都像故事中的人物,是属于另一个世界的。

斯蒂芬微笑着,在我眼前挥挥手,他知道我的内心在想些什么。

"过去太轻松了,戴维,是吗?"他说,"现在这些怪事都已经经历过了,也许这其中最古怪的一件事就是——唯一理解你的人是我,斯蒂芬·罗斯。"

他拍拍我的肩膀,拍拍克雷。

"别让这些事烦你,"他说,"好了,让我们回屋里去,吃点果酱和面包,在你回家之前,先平复一下心情。克雷,躺下,什么都不要做,除非我和戴维命令你。"

克雷放下搂着我的手臂,他靠着小屋的墙壁平躺在地板上,我趴在他的旁边,碰碰他,他身体里什么都没有了,现在这个人的身上只剩下陶土了。

我们离开小屋，走过草丛里的通道，去了疯子的厨房。斯蒂芬在那里招待了我，他进了另一个房间，我听见他在说："五、四、三、二、一，醒来吧，玛丽！"不久之后，他们就一起出现在门口了。

"是那个很棒的圣餐台男孩。"斯蒂芬说。

"哦，是的，"玛丽说，"你要来点果酱和面包吗？"

我没有回答，她一会儿就切了一大条面包。

"我一定是又睡着了，"她说，"这些日子总是断断续续地睡着醒来，我几乎搞不清发生了什么事。"

"你需要休息，玛丽阿姨。"斯蒂芬说。

"对的，"她回答，"睡着的时候，天使就会带着她们的消息和故事来了，所以这也许也是一种祈祷。"

她继续切起面包来。

"你曾经见过一个天使，是吗，孩子？"

我摇摇头。

"你有没有见过怪物？"

我摇摇头。

"我见过一个，就在……"她说。

"玛丽阿姨！"斯蒂芬说。

"怎么了，孩子？"

"我跟你说过，这里没有怪物。"

"没有怪物？"

他在她眼前挥挥手。

"没有该死的怪物,"他说,"有吗?"

"有什么?"她说。

"有怪物吗,玛丽阿姨?"

她咯咯笑起来。

"怪物?"她说,"当然没有怪物。"

她开始涂黄油,把黄油抹在厚厚的面包上。

"但是有天使。"她说。

"对,"斯蒂芬说,"天使是有的。"

"她们非常可爱。"

"是,她们很可爱。"

她给我倒了一杯茶,将果酱和面包推到我面前。

"吃吧,"她说,"吃点,喝点。"

我吃不下。

"你一定要吃点,"她对我说,"这都是主赐给我们的食物。"

当我细细咬着面包皮的时候,她一直看着我,然后伸手过来,将两根手指放在我的眉毛上。斯蒂芬哈哈大笑,将她的手从我脸上拿开,但一会儿她那冰冷的指尖又按在我的皮肤上。我感受到它们传来的慰藉,我望着她那迷乱的眼神,试图找出在疯狂背后藏着些什么。她眨了眨眼。

"玛丽阿姨!"斯蒂芬指挥道。

她停了下来。我站起来,斯蒂芬带我出去。

"你得装作一切都很正常的样子,"他说,当我们站在门口的时候,"我们在一起做伟大的事,你和我,还有克雷。"他在我眼前挥了挥手。

"你要一直记着他，"他说，"让他待在你的脑海里，这样他才能一直存在于这个世界上。保持冷静。"

"明天回那里去，戴维。"

他打开门，我呼吸了一下外面的空气，我再次走进世界，抬头我就看见了玛丽亚。

46

到现在这个地步，我已经不想做我自己了，我已经没有愿望，没有目标了，就好像有什么把我从这个世界移除出去，我的每一步都好像被什么千里之外的东西控制着。雀鹰在布洛克花园的晴空盘旋。树是黑色的蚀刻，房子是朦胧的墙，小路是遥远的，正在呻吟的机器。玛丽亚坐在长凳上，一点都不鲜活，就好像一个被扔在青绿色草丛里的一根青绿色木条上的漂亮的白脸木偶。我从她身边走过，她站了起来，嘴巴张开，说了句什么话，但我完全不知道她说了什么。她抓住我的肩膀，用力拖住了我，白色的脸庞隐约靠近了我一些。

"发生什么事了？"她说。

我想说话，但什么都没说。

她摇了摇我，叫了我的名字。

"他们都在说你和斯蒂芬·罗斯的事，"她说，"我知道那些都是废话，但我知道有更多的事，戴维。"

我咕哝着，想说点话。

"你说什么我都会相信，戴维，告诉我吧。"

"克雷活过来了。"我终于说道。

我拉起她的手。

"你是什么意思？"她说。

我抓住她的手。

"克雷活了,克雷会动了,我们制造了他,玛丽亚。"

"他?"

"他,还有……"

"他是什么,戴维?"

我凝视着她充满信任的眼睛。

"没什么。"我轻轻说。

"走吧。"我轻轻说。

我放开她的手,离开了,她赶上我,吻了我。

"你可以告诉我任何事,"她说,"我都会相信。"

她放我走了,有时我觉得她依然在我身后。我穿过了熟悉的街道和小巷,我每走一步,这些景象对我来说似乎就变得越来越陌生了。

47

他们看着我进了家门，妈妈说我回来晚了，我低着头，跟她说我很抱歉。爸爸望着窗外，他看见外面有个女孩，就说："啊！这就是原因！"他们都微笑起来，我也笑了。然后那个女孩离开了，我们一起吃饭，他们没有问我很多问题，如果他们问的话，我就嘟囔些让他们满意的回答。然后我回到自己的房间，打开一本书放在桌上，就在我的眼皮底下，我盯着它看，但什么都看不进去。我的脑子一片空白，傍晚过去，夜晚来临。我被叫下去又和爸妈碰头，我们一起喝热饮料，说了晚安，然后我就回到房间，躺在床上。黑暗越发深邃，我真的不再是我自己了，我真的离开了，我已经从这个世界消失了。没有想法，没有感觉，没有灵感，没有梦境，只有空虚，空虚，空虚，然后从一片空虚中生出一个声音。

主人，我在这儿。

48

他就在那儿,在路灯下,巨大的圆脸仰起对着我,手臂垂在一边,巨大的脚扎在人行道上。

"克雷。"我悄悄自语。

我在这儿,主人。

我发现我身上的衣服全穿着。我离开了房子,走到他身边。他的脸像某个发条钟一样追随着我,他的脸和他的话语都完全不带一丝感情。

"克雷。"我轻轻说。

下命令吧,主人。

我看着他,我该下什么命令?

"跟着我。"我说。

我领着他从灯光下离开,他步履沉重地走在我的身边,像一个巨大而忠诚的宠物。我们在一片无声而深沉的昏暗中行走,这时我听到了自己的声音,一个单纯而愚蠢的声音。

"这是菲林镇,"当我们经过一排排房子和房子的花园时,当我带着他穿过我的世界时,我说,"我在这个小镇出生,也在这里生长。"

我们走到小山上,朝着小镇的最高处,穿过切尔赛德路、教区路、乌鸦山巷,一直到了菲林银行。

没有看到一个灵魂,甚至没有一丝光亮。月亮在云层的后面如此朦胧，我一边走，一边说着一个个名字。

"黑根一家就住在那里。道吉在学校里和我一个班，他的姐姐是凯瑟琳。那是威尔逊家的房子。管理员皮尤先生就住在那个房子的楼上。文森特·格兰特，伊丽莎白·格兰特，阿洛依修斯·汤姆斯·格兰特。弗林一家，明托一家，凯尔一家。"

他没有吭声，我一直看着他，我一直告诉自己他不在我身边，他不可能在。但他就是在那里，他走在我的身边，我的手经常碰触到他，所以我能知道他就在那里，当我不再说话时，我听见了他的声音。

我在这儿，主人，下命令吧，主人。

"住在这儿的金凯德家养着一只名叫布斯特的狗和一只叫吉特的猫。每年八月波特一家会开着他们的大篷车去克莱顿德尼酒店。彭伯西太太曾经遇到过猫王。特纳家的儿子生白喉死了。特蕾莎·杜飞有一个真正的十字架的碎片。"

有一两辆汽车经过，但我们静静地站在暗影里，他们似乎完全没有发现我们，然后我们继续走着。

在夜色中我指着两个不同的方向。

"温泉在那里，布莱恩·菲尔普斯在那里练习潜水。他一直参加奥林匹克运动会。我们也在那里踢足球，我们支持纽卡斯尔队，他们不是踢得最好的，但却是最棒的队伍。再过去一点是学校，学校是我们了解这个世界和我们自己的地方，在那里我们试图发现我们在思考些什么，想象些什么，创造些什么。普拉特·帕克是一个傻瓜，但他挺好的。那个方向是我爷爷的园地，他种的西红柿可爱极了，我奶奶把它们做成了酸辣酱。"

我转头看着他。

"你在听吗？"我问他。

他也直视着我。

"你在思考吗？"我说。

他的眼睛是黑色的，像无花果种子嵌在泥土里，没什么能进入其中，也没什么能从其中出来。

"你在哪里出生的，克雷？"

我在这儿，主人，下命令吧。

我继续带着他走，越走越高，在伊丽莎白女王医院有很多亮光，我们没有去那里，医院门口停着一辆救护车。

"这是医院，克雷。很多人都是在这里出生的，从这里我们来到了这个世界。"

他的眼睛又对着我骨碌碌转。

"一开始我们一无所有，"我说，"然后我们在妈妈的肚子里出现，然后我们离开妈妈的肚子，进入世界。"

一阵汽车喇叭声嘟嘟响起，另一辆救护车驶来了。

"这也是我们许多人离开世界的地方，"我告诉他，我边说边想着，"或者我们的一部分离开了这个世界。"我说，再次思考起来。

我在这儿，主人，命令我。

"跟着我就行。"我说。

我们又往山下走去，我说着一个个名字。邮局、黑马店、风角落俱乐部，那条路上有拉斯吉的小猪农场。薯条店、乔治·让的书店、佩森的店，在那里你能买到最好的火腿肉，褐色的麦芽酒和从桶里切出来的黄油。梅的时装店和它疯狂的省略符号,山下是一个广场。一个醉鬼踉跄地经过我们身边,举起酒杯,摇摇晃晃。

"晚上好,孩子和该死的大怪物。"他说,咯咯笑着,跌跌撞撞,打着嗝。

"那是乔迪的叔叔乔,"我说,"但他什么都不会记得。"

我们经过天龙咖啡馆,我告诉克雷,我们所有人都会去那里,老的、小的,人们能在那里说秘密,说很长的故事,学着抽烟,恋爱。我告诉克雷那里的冰激凌最好吃,我第一次在那里发现了霍利克的美味。我领着他,带着他看科罗纳电影院,以及在高街上的一家家商店。从商店的大橱窗里,我看到了克雷和我映在玻璃上的影子,我停了下来,感觉自己的心脏会因此停摆。

"你看见了吗,克雷?"我小声说,"那个就是我,那个就是你,我们一起在这个世界上。"

我们靠近橱窗玻璃,我们站在街道的中央,我们面对自己、追溯自己,我挥挥手。"举起你的手。"我说。克雷举起他的手,好像他也正在挥手。我继续领他看霍伊废品站紧闭的大门,通向我叔叔打印店的小巷,我告诉他关于玛雅的派、猪肉三明治的事,以及其他一些流言蜚语,还有整天在街上玩的那些小孩。然后圣帕特克教堂就突然出现在我们眼前了。

"那是上帝住的地方,"我告诉他,"或者我们认为他住在那里,也许他无处不在,但这是他最有可能居住的地方,在这里我们能接近他,或者诸如此类的。"

在漂移的云朵下是教堂的尖顶,我觉得它快坠落了,当然这只是我的幻想，它不可能掉落下来。

"上帝创造一切，"我说，"他看见一切，了解一切。"

我在这儿，主人，命令我吧。

我叹了一口气。

"他也许不想看见我们，不想了解我们了。"我说，"你怎么想，克雷？"

什么回答都没有，自然如此。

我靠近他。

"你相信上帝吗，克雷？"

什么回答都没有，自然如此。

"是上帝创造我们的吗？"我问。

一片沉默，自然如此。

我们一起站着，各自沉默，陷入黑暗，毫无目标。

"我能和你一起做什么？"我叹着气说。

还是没有回答。我们沉默地站着，一分钟，一分钟，又一分钟。克雷变得像死一般沉寂。

"你走了吗，克雷？"我轻轻说，我知道我的一部分，我的大部分都希望他已经消失了。他重新归于虚无，变成一团没有生命的泥土。我碰碰他，克雷很冷。

"克雷？"我轻轻说。

我感到生命又如涓涓细流般回到他的身体里。

"走吧！"我叹气说，"现在我会让你看看，当我们离开的时候，我们会去的地方。"

49

在进入大门的时候,他弯下了腰,蝙蝠飞了出来。两个猫头鹰在觅食、鸣叫。月亮下的云层散开了,当我们往里走的时候,克雷的脚拖在碎石路上发出沉重的声音。

"这是墓地。"我说,"好多死人都被埋葬在这里,也有不少是我的家人,我的祖先。"

我给他看古老的、歪斜的墓碑,我给他看布拉多克的坟墓。

再一次,我发现我开始讲起一个个名字,我蹲在地上,借着月光读着刻在石头上的名字。

"伊丽莎白·格蕾丝·麦克拉肯,"我说,"生于1789年,逝于1878年,挚爱的妻子……最爱的母亲……威廉姆·爱德华·凯尔,乔治亚·菲……"

我想解释,让他理解,即使我知道他无法理解,我现在在说的事情一定在他的理解之外。

"我们被带到这里,当生命离开我们的时候,"我说,"当我们什么都没有,只剩一个肉体的时候,我们就被埋入土里。"

他将空洞的眼神转向我。

命令我,主人。

"土归于土。"我说。我突然意识到,这件我正在说的事情,这件大家都在说的事情,也超出我的理解范围。

我继续走，我带他经过更新一点的坟墓。我一边走一边继续念着那些名字，很快我们走到了篱笆那里，篱笆把墓场和小路隔了开来。那儿有一些新挖的墓地，开口那里横着几块木板，旁边堆着一些土，我拿开一块木板，看了一下黑洞洞的地穴。

"这就是土地，克雷，这就是我们开始和终结的地方。"

我拿起一撮土，搓成一个球，我把它扔进了黑暗深处。

"土归于土，"我说，"克雷变回泥土。"

我们一起站在墓地的边缘。

"这是马丁·莫德要去的地方。"我说。

命令我吧，主人。

我扔了另一撮土到泥土里，然后我转身，他也跟着我。

"现在我们必须回到花园去了。"我说。

50

花园门口有一个警示牌,可以在月光下看见它上面的字:**未经许可,不准入内**。一个头骨下面是两根交叉的腿骨,白得刺眼。**致命危险**。

我带着克雷从它旁边穿过,走进坍塌的大门。

"这是菲林镇最古老的地方。"我们在山楂树林里走过,我告诉克雷,我们朝着采石场的方向而去。

"这是你出生的地方,"我说,"你记得吗?"

我指指采石场的边缘。

"那是莫德摔倒的地方,你和斯蒂芬·罗斯在一起,你还记得吗?"

我们来到陶土池塘,我捞出一撮陶土。

"这就是你。"我告诉他。

我把这撮陶土在他的胸口抹开,它在他的身上变干了,成为他的一部分,他完全没注意到。

我在这儿,主人,命令我吧。

我拿出另一撮陶土,把它捏成一个小人的形状。

"活过来吧。"我轻轻说,虽然它还是纹丝不动。我想象着生命会从它的里面蠕动而出,我和斯蒂芬能用这样的作品填满整个花园吗?我们能为一个崭新的世界创造生命吗?我幻想着我们造出的那些粗短的小生灵奔跑着穿过灌木。我看见他们和青蛙与蛇为伍,头顶是雀鹰在高高盘旋。我看见他们冲出花园，奔向世界。我颤栗了一下，收回了想象，手上的陶土掉回了陶土池塘，溅起了一些水花。

"就在不久之前，"我说，"你躺在地板上，我们在你身边，斯蒂芬·罗斯和我。你如此漂亮，我们创造了你，祈求给你生命。我想相信，生命进入你的身体，就像生命离开死者一样。我想相信，土归于土其实意味着死亡回归生命，如同生命走向死亡。你听不懂我在说什么，对吗？这一切全都与你无关，就和这一切全都和我无关一样。"

我为自己无用的言辞哀叹。

"我只是一个男孩，"我说，"你只是一团陶土。我做不到，我什么都不想和你一起做，也不想和该死的斯蒂芬·罗斯合作。"

我望着天空，月亮斜坠一边，夜晚正在流逝。我发现我正在想念乔迪，和他一起在街上大摇大摆，开玩笑，大笑。我回想起我们一起在采石场设置陷阱，我回想到和波克以及斯金纳打架的事情，我回想起普拉特·帕克拿着果冻宝宝，我想起玛丽亚，她的脸、她的皮肤、她的声音、她贴着我的嘴唇的嘴唇。

"我要过好该死的我自己的生活！"我说。

命令我，主人。

"我不想要一大团活着的笨蛋陶土！"

命令我，主人。

我试图深深望着他空洞的眼神。

"我希望你躺下，克雷。"我喃喃道，"你已经走了一个晚上了，你一定累了，躺下。"

毫无反应。

"照办，克雷。"

我抓着他的手臂，把他轻轻往下拖，往地面拖。

"求求你，克雷。"

主人。

"躺下，"我说得更大声了，"躺下，安静！"

他服从了。他坐在地上，慢慢把头转向我。

"好的，"我说，"棒！克雷！"

主人，我的主人。

"现在好好躺着。"

我轻轻推了推他的肩膀，他抗拒了一会儿，然后他躺下了。

"很好，"我轻轻说，"现在，睡吧，睡吧。"

他躺在那里，如此安静。

"我们都这样，"我告诉他，"我们闭上眼睛，让黑暗和虚无进入我们的身体，睡吧，睡吧。"

我听见他的声音在我心里响起，又遥远，又小，又微弱。

主人……哦，主人。

我趴在他的旁边。

"放松，"我说，"安静点。让黑暗进入你的身体。"我靠得如此之近，能感受到自己的话语温柔地进入他的耳朵。"再见，克雷。"

主人，哦，主人。

"死吧，克雷，请死吧。"

我感到生命力离开了他的身体，我感到他又退回到生命的边缘，但突然，花园里响起了脚步声，越来越近。

51

斯蒂芬·罗斯,起初他很温和。他站在陶土池塘的旁边,手放在他的臀部上。

"你正在干什么,戴维?"

"没什么。"

"没什么?"

"没什么。"

"你和克雷在一起干什么?"

"他来找我,他找到了我,我们一直在散步。"

"散步?"

"对,围着菲林镇散步。"

"见鬼。"

"没人看见我们。"

他靠得更近一点。

"你现在在做什么?"他说。

"没什么,就是和他待在一起。"

"啊,很好。来这儿,克雷,起来,到你主人这里来。"

"待着。"我轻轻说。

我把手放在克雷的额头上,他如此安静,他几乎不在这个世界上了,他身体里什么都没有。

· 怪物克雷 ·

"看,好像我来得正是时候,戴维。"斯蒂芬说。

"什么?"

"啊,看上去你正在做一些卑鄙的事情,戴维。"

"什么?"

"啊,我认为你正在毁了我们的作品,戴维。"

他的眼睛闪闪发亮,像星星一样嵌在他深邃的脸部阴影里。

"我说对了吧,戴维?"他说。

我没有回答,他靠得更近,往下看着我们的作品。

"克雷,"他说,"克雷,动起来!"

他用脚碰了碰克雷,"克雷!动起来!"克雷晃动起来,生命重新回到他的身上,斯蒂芬笑了。

"看见了吗,戴维?你没有终结他的力量,现在,起来,克雷,活过来吧!"他又用脚碰碰克雷,"到你主人这里来。"

"不,"我说,"这是不对的!"

"起来,怪物!"

克雷直起身,用手和膝盖滚了过去。我站在他的旁边,试着抱住他。他的身体里没有声音,他慢慢而笨拙地起身。

"放了他!难道你没有发现他现在有多害怕?"

"啊,很好,"斯蒂芬说,"戴维在担心你,克雷,起来,怪物!"

克雷跪着,他站着。

"他很痛苦,斯蒂芬!"

克雷站到斯蒂芬那一边,斯蒂芬俯身穿过我们之间的黑暗。

"你觉得我会在乎他的恐惧？你认为我会担心他的痛苦？也许这样才能造就一个真正的怪物，戴维，将他在生死之间反复拖曳，让他受罪，让他该死的害怕，"他咧嘴一笑，"然后给他点事做做。"

他站直身体，在克雷的耳边温柔地说，一边说一边注视着我。

"克雷，"他说，"这是戴维，这是帮忙创造你的一个人，这是一个应当爱你、照顾你的人，但这个戴维是一个魔鬼，他想要毁了你，克雷。他正在杀你，你是怎么想的呢？"

他们看着我，一个男孩和一个怪物，他们看上去如此和谐。怪物死一般寂静，当男孩轻轻说着他的命令的时候，他的声音如此温柔，笑容如此甜美。

"现在，克雷，"斯蒂芬说，"我想要你摧毁这个叫戴维的魔鬼，我要你杀了他。"

怪物一步步向我走来，他的手朝我伸来。

斯蒂芬露出了牙齿，垂下了唾液。

"杀！"他咆哮着，"杀！克雷！杀！"

我逐渐往后退，举着手。

"不，克雷！"我说，"住手，克雷！"

但他掐住了我的喉咙。

"求求你，克雷，不！不！"

他的手渐渐收紧，我不能说话，我几乎无法呼吸。

"对！"斯蒂芬说，他靠得更近，"就这样干，克雷。就现在，克雷！"

我望着克雷无花果般的眼睛，现在他的声音在我身体里响起，它们是如此脆弱，如此痛苦。

哦，主人，哦，主人……

他的手开始松开。

"克雷，"我倒抽一口冷气，"请放开我。"

他没有继续。他的手落了下来，他的膝盖跪了下来，他的头垂向地面。

斯蒂芬吐了一口口水。

"可怜的家伙，"他小声说，"你身体里有太多戴维的影响了，克雷。"

我积聚起我的力量，我的呼吸。

"那么来吧，"我对他说，"就像你结果莫德那样结果我吧。"

他来到我身边，将手伸到我眼前，我推开了它们。

"来吧，"我告诉他，"试试看，斯蒂芬。"

我们互相绕着圈子，然后我们跳了起来。

52

我们掐住彼此的脖子,他用头撞我,再撞了一次。我用手肘打他,我们滚在地上,诅咒着,咆哮着,吐着口水,怒目而视。

"你,"他说,"你总是错的,我一开始就该明白这一点,你太软弱、太愚蠢、太年轻。"

我们又打了起来,我把他的脸按到地面,他扭动着身体。

"下一次我会完全靠自己来做,"他说,他的唾液、鼻涕、血液横飞,"我会创造一个充满邪恶的怪物,别的什么都没有。"

我们又打起来,我们在地上滚,我浑身发抖。

"没有我你做不成。"我说。

"我做不成?我能做该死的一切,戴维。你只会拖我的后腿。"

我挥去一拳,没打中他。他向前冲来,抓住我的拳头,又咬又啃。我用另一只手推开他的脑袋,我们又打起来,扭成一团。

"也许你是被送到我身边来帮助我发现这个方法的,"他说,伴随着大笑,"你是我的仆人,戴维,哈!现在是把你一脚踢开的时候了。"

我们像动物一样趴在地上,四肢着地,我们在夜色中四目圆瞪。

"我有我的目标,"他说,"我无法在这个单纯愚蠢平凡的菲林镇,和单纯愚蠢平凡的你一起找到它。"

"那么去别的地方找吧。"

"我会的,"他用袖子擦着脸,"但在我离开之前,我会跟你说说我的母亲、我的父亲,只有这样你才会知道更多,斯蒂芬·罗斯能干出什么事来。"

我盯着他,等待着。他咧嘴一笑,他知道我想听。

"你的妈妈……"我说。

"是个婊子,"他说,"是个破鞋。"

"她病了。"

"她疯疯癫癫。"

"她需要你。"

"我往她身上吐口水,"他说,"哼!"

然后他吐了一口口水。

"我妈妈的真相是,"他说,"她从来不需要我,她对我没有任何期待。听着,她告诉我,在我出生前两年,她和我那傻瓜爸爸从来没有搞过,她告诉我,就是我出生前一个月,她看着自己的肚子,然后说:'天哪,有个小孩在里面!'"

"这不可能是真的。"

"也许在你的世界里不会是真的,但在我的……"

"也不可能。"

"哈!然后她开始看,是什么从她的肚子里出来了,她想要它再次消失,但太晚了,一个小孩出来了,就在桌子边上,在我杀掉我爸爸的桌边。"

他一笑,又朝我爬过来一点,他的脸几乎贴到我的脸上,他的呼吸朝我扑面而来。

"对，戴维，我杀了他，杀了他！我确定无疑地杀了他，好像是用一把刀直接刺入他的心脏。记得我上次怎么跟你说的吗？他正在吃牛排和腰子布丁，她正看着电视节目傻笑？是啊，很真实、很普通、很温馨的家庭时刻，但我惊恐地盯着他的脸看，因为他又丑，又讨厌，我恨他。我内心有个声音：去死，白痴，去死。他还是继续吃啊吃，我不禁让那些话脱口而出，一开始还是很柔和的，'去死，你这个白痴，去死。'我越说越响，他听到了，目光越过布丁朝我而来，她也从电视那里扭过她愚蠢的脸。'对，'我告诉他们，'我正在让他去死。'他们的表情惊恐万状，她朝我凑过来，但我还是大声说：'去死，白痴，去死。'他发出咯咯咕咕的声音，一下子倒在了地上。"

他又笑了。

"谁会相信？"他轻轻说，"谁会相信会有这么邪恶的杀死爸爸的儿子？为什么。只有傻瓜才会相信上帝和天使，才会相信会行走的陶土。"

我一言不发，我没有答案。

"我可不像你，戴维，"他小声说，"我从黑暗里出来，被某种原因送到这里，我是来寻找我的使命的，我和你不一样，我唾弃你。"

他又朝我吐口水，我向他冲去，我们又打起来，我把他按倒在地，揍他，用膝盖压住他的肩膀。我从地上捡起一块石头，举得高高的，有那么一会儿，他停止了挣扎。

"好吧,"他轻轻说,"来吧,戴维,朝我的脸砸,我等着呢,继续,把我干掉。"

我无法继续。

"来呀!"他说,"也许对你来说,对你的世界来说,如果你现在除掉我,真是再好不过了。"

他等着我发落,我能感觉到手里的石头,我知道它能砸破他的脑袋,但我不能这样做,我松开了手。

"这才是我的戴维,"斯蒂芬说,"你不能结果我,所以只能让我走。"

我推开了他,我看见克雷趴在地上,四脚着地爬着离开我们。

"克雷!"我叫道。

"克雷!"斯蒂芬也叫了一声,用少女般尖细嘲弄的声音。

他站起来,拍去身上的土。

"很奇怪,"斯蒂芬说,"我现在已经不再相信你们两个了,你们两个都是叛徒,你们只会挡我的路。"

克雷向更深的阴影处爬去,离开了我们的视线。

斯蒂芬的声音跟随着他。

"去死吧,克雷,"他低语道,"别动弹了,克雷。"

我屏住了呼吸,斯蒂芬对着我微笑。

"这不就是你要的吗?"他说,"去死吧,克雷,别动弹了,克雷。"他咧嘴笑道,"去死吧,你这个白痴,去死。"

他在我眼前挥挥手。

"你认为你很好,是吗?"他说,"是你,杀了一条狗。是你,想要莫德死。是你，你的作品杀了莫德。是你，你还打算杀克雷。好吧，你真是集各种优点于一身，这就是你的平凡生活。"

我死死盯着他眼中的黑暗。

"你该好好考虑一下你的平凡生活，"他轻轻说，"那天晚上要不是你跑回去像个宝宝一样躺在床上，你的莫德先生可能现在仍然和我们在一起。"

他再次微笑起来，然后他又在我眼前挥挥手。

"结束了，"他轻轻说，"回去当一个单纯愚蠢的灵魂吧，戴维。"

然后他走了，只剩下我，孤单地待在采石场，在夜色中。

53

  我寻找着克雷，轻声呼唤着他的名字。我爬过灌木丛，正当我打算放弃的时候，终于发现了他。我叫他，但他死气沉沉，不复有生命的存在。我试图为他祈祷，但我能向哪个神祈祷呢？哪个神会承认克雷呢？天下起了雨，我爬过去为克雷遮挡。水冲过他的皮肤，已经把他冲刷成泥土，我挖开他的身体，用手指在里面探寻，我发现了小盒子，把它拿了出来，又把他的身体合拢。雨越来越大了。

  "再见，克雷。"我说。

  我仰面对着雨点，让它们冲刷掉我身上的泥、血和泪水。然后我赶忙回家，天色已微微发亮。凄凉的青灰色的云层悬在菲林镇上空。雨倾泻而下，我溜进家门，在楼梯上站立片刻，我听见爸妈浓重的鼻息声。我推开他们的房门，望着他们。我等着他们醒来，看见我站在那儿。"我在这儿。"我小声说，但他们没有动，我现在的感觉就像克雷一样，僵硬、沉重、笨拙，就像我处于生命的边缘。我感到我要被冲走了，我可能会消失。"我在这儿。"我说得更响了一点，依然没有回应。当我站在那儿的时候，当我关上他们的房门的时候，当我离开他们的时候，他们会不会正梦见我？我去了我的房间，藏起了我的衣服，藏好了小盒子，我望着窗外无尽的夜色，谁会想到这一切？谁会相信这一切。然后虚无压倒了我，我睡着了。

第四章

54

正如我们所知的，时不待我，日复一日，夜复一夜。过去，现在，未来。孩子，少年，成人。出生，成长，死亡。但有时时间会被牵绊，让我们无法前进。

在布洛克花园过了最后一晚，斯蒂芬·罗斯再也没有出现，但记忆依然常常回来，它们出没在我的脑海里、我的梦境里，我似乎处于无尽的当下中。我觉得在高街或者菲林广场的人群里瞥见了斯蒂芬的身影；我觉得在墓场或冬青山丘公园的暗处，或者是在布洛克花园的大门外面见到了他，但每次我靠近一点看看，就发现我搞错了，只是某些看起来像他的人而已，也可能只是一些变化无常的影子，一只猫、一只鸟、一只狗，或仅仅是幻象。

在我的梦里，克雷经常重现，又开始第一次行走。斯蒂芬不断在我耳边低语，他的手一直在我眼前挥动。莫德一直在坠落坠落，一直坠落到他的末日，我希望结束这一切，但它们就是不离开我，我无法忘却，我变成一个走投无路、愚蠢而没用的家伙。

最后一夜的第二天，疯子玛丽来敲过我家的门。她眼神迷乱，头发乱糟糟的，穿着一双苏格兰呢拖鞋和一件老式的大衣。"我的男孩在哪儿？"她小声对我说，"你是他的朋友，他去哪里了？"我看看我妈妈，摊开手似乎要告诉她：这个疯狂的女人到底要干什么？妈妈把她带进来，抚摸着她的手臂，试图让她平静下来。但玛丽继续喋喋不休：她的孩子明明晚上上床睡觉了，到了早上就消失不见了。她用手拍了拍她的嘴。"我正在梦里，是吗？"她说，"真的有过一个男孩吗？他的名字叫斯蒂芬·罗斯？他被送到我这里来了？"我们告诉她确实如此，"那么，他去哪里了？"她问我，"你是他的朋友，他发生什么事了？"我依然跟她说我不知道，我不断告诉她我不是他最好的朋友，我看看妈妈：我哪知道？最后她们一起祈祷，妈妈搂着玛丽的肩膀，跟我说要报警。

福克斯中士和格兰德来了，他们宽阔的肩膀、徽章、头盔和闪亮的靴子又出现在我们的房间里，这次他们坐了下来，大口喝起了茶。

"他是你的好朋友。"福克斯中士说。

"不是很好。"我说。

"好吧，不是很好。你最后一次看见他是……"

他舔舔他的铅笔，注视着我，这时我的脑子高速运转。

"两天以前，"我说，"我去疯子……去杜南小姐的家。"

"你去干什么，你们说了些什么？"

"我们在小屋里，他给我看了一些雕像，然后杜南小姐给我们吃了下午茶，然后我就回家了。"

"你发现有什么不对劲吗？他有没有说要到哪里去？"

"没有，没有。"

"好。"

他点点头考虑起来。

"这一周对你来说有点奇怪吧，孩子。"

"奇怪?"

"一个孩子死了,现在另一个失踪了。"

我垂下眼。

"是的。"我嘟囔道。

"对你来说很不容易吧,但别着急,消失是很容易的,但一直消失是最难的把戏。"

"我们正在追踪线索。"格兰德说。

"你认为他们两者之间有什么联系吗?"福克斯中士说。

"谁?"我说。

"死的和失踪的,孩子,你知道这之间的联系吗?"

我想的时候,他一直看着我。我看见莫德的眼睛,从信箱缝里露出来;我感到斯蒂芬在亲吻我的脸颊。

"斯蒂芬·罗斯认识马丁·莫德吗?"福克斯中士说。

"他和他不熟。"我说。

"他们见过吗?"

我看见莫德在采石场的边缘摇摇欲坠,我看见斯蒂芬伸出的手放在莫德的胸上。

"不,"我说,"我不知道,我不这么想。"

"他们是完全不同的类型。"爸爸说。

"非常不同的类型。"福克斯中士一边写一边说。"好吧,"他看着我的眼睛,"那么,现在,年轻人,我们需要你告诉我们你所知道的关于斯蒂芬·罗斯的一切。"

"一切?"

"一切。我们需要知道他的内心，譬如他对什么感兴趣，他的爱好……"

"他有什么动机？"格兰德说，"在这个世界之外有什么吸引他离开菲林镇，以及杜南小姐的温柔照顾？"

中士等着，睁大眼睛，握着铅笔。

我也望着他，搜寻着自己要说的话。

"我知道，孩子，"中士说，"这是个很难的问题。"

"我们每一个人都是一个谜。"

"不可思议的谜。"中士说，"这就是我们的工作教导我们的，对吧，格兰德？"

"对。"格兰德说。

"当然，"中士说，"我们正在调查他身上发生的古怪事。"

"对。"格兰德说，"就好像是一个传奇。"他皱着眉头靠近我，"告诉我，孩子，"他说，"你有没有在他身上发现任何奇怪的事？"

"奇怪的？"

"你没见过……"

我盯着他们，盯着他们期待的眼神、握着的笔，我如何告诉他们我眼中的奇怪？如何能把它们潦草地写入笔记之中？

"我没见到什么，"我说，"斯蒂芬·罗斯只是一个小孩子，就像我，像所有其他孩子一样。"

福克斯中士潦草地写了下来。

"他没什么特别的，"我说，"但是他的爸爸死了，他的妈妈疯了，他被送到菲林镇来，他不适应，这就是全部。"

"你很有洞察力,孩子。"福克斯中士说。

"他擅长雕塑,"我说,"他做小雕像,它们都精美极了,栩栩如生。"

"栩栩如生?"福克斯中士说,"真的吗?"

"对,"我说,"他是一个艺术家。"

"有一个混乱的过去,和一个混乱的脑子。"妈妈说。

"一个脑子混乱的艺术家,"福克斯中士一边说,一边记,"我喜欢。"他在那一页上戳出一个圆圆的句号来,然后他摇摇头,看着我们。"这都是上帝所赐,是吗?"

我们领他们到门口,他们告诉我们别着急,他们说他们会找到斯蒂芬·罗斯,并把他再次带回到我们身旁。

55

  下个星期六,我去参加了莫德的葬礼,我站在墓场的树下,远远观望着,其他的一些菲林人也都分散在各处。送葬的人坐着一辆福特车和一辆运输货车而来,他的妈妈站着掩面哭泣。一些大块头的亲属穿着黑衣,教区牧师低沉地说着一些和奥尼霍夫神父所说的一样的话。莫德被放进了墓穴里,就是那个我曾经和克雷一起站在它边上的墓穴。棺材从我的眼前消失,然后鲜花和泥土随之填了进去。我试着为莫德说一句祷告,然后我发现乔迪就站在我的身边。

  "你觉得他正在看着我们吗?"他说。

  "谁?"

  "莫德,伙计,从另一个世界看着我们。"

  我摇摇头,环顾四周,有点期望能从阴影处或者墓场大门那里看见斯蒂芬·罗斯。

  "即使他看着,"我说,"他现在也什么都做不了了。"

  "但是他的阴魂在我们心头不散。"乔迪说。

  我们看着送葬者们,沉默了一会儿,感到很害怕。

  "也许莫德的鬼魂要开始走了,"乔迪说,"也许以后孩子们能在月光下的布洛克花园看见一个大块头的怪物。"他努力想笑笑,"我打算以后一有孩子在那里,就这样吓他们。"

  哀悼者们散开了,神父扶着莫德太太回到车里。我浑身战栗,

我想象着我寂静无声地躺在泥土里,而我的家人正离我而去。

"仍然没有斯蒂芬·罗斯的讯息?"乔迪说。

我摇摇头。

"终于解脱了,是吗?"他说,"可恶的疯子。"

"对。"我说。

我们看见斯金纳和波克穿过树丛朝我们走来。

"啊,啊,男孩们。"乔迪说。

"好吗?"波克说。

"可怜的家伙,是吗?"斯金纳一边说,一边冲着墓穴点点头。

"是啊。"我们齐声说道。

我们互相回避着彼此的眼神,也不敢提及各自的恐惧。

"他没有什么好的方面。"斯金纳说。

"是啊。"我们一起说。

"事实上,"乔迪说,"你也许可以说他是一个非常友善的年轻人。"

我们强忍住没笑出来。

"我们会痛苦地想念他的。"波克说。

我们终于放松了。

"你们想要停战吗?"斯金纳说。

"当然。"乔迪说。

"好吧。"波克说。

他们都握了握手,我也和他们握了握手。

"那么成交,"斯金纳说,"不再打架了。"

"好吧，你们这些佩劳饭桶。"

"你们这些菲林宽宏大量的傻蛋。"

我们都假装直面对方，好像就要跳起来打上一架，但我们只是咯咯大笑起来。

"我想去看看我在温迪诺克的伙伴，"乔迪说，"也需要我们可以去痛揍一些斯皮林威乐人，你们要来吗？"

"好吧。"波克和斯金纳说。

他们都看着我。

"不，"我说，我耸耸肩，"我不去。"

他们最后一次看了一眼墓地，然后走了。一会儿我跟上了他们，我一直想着那个躺在我脚下死去的人，直到我发现玛丽亚等在墓场大门口。我们一起走着，她再次跟我说，我可以告诉她任何事，但我说我不知道如何开始，我不知道如何取信于她。我们走了整整一个下午，在冬青山丘公园的树下亲吻，当我们亲吻的时候，我开始忘记斯蒂芬·罗斯和莫德了。就好像我一点点消失了一样，结果管理员皮尤先生对着我们叫起来："嗨，你们两个，赶紧给我离开！"我们手拉手离开了，玛丽亚就好像是一个保护神，被送来阻止我沉入更深的黑暗。

56

到了黄昏，我说我应当去忏悔。我们去了圣帕特里克，我跪在黑暗的忏悔室里，我能从格子窗里看到奥马霍尼神父的脸，我没有试图伪装自己的声音。

"保佑我，神父，"我说，"因为我是有罪的。"

他等着，我不说话。

"继续说吧，我的孩子，"他说，"你有什么必须忏悔的？"

我想象着那些我要说的话：我偷了基督的肉和血，我杀了一只狗，我创造了一个生物，这个生物协助谋杀了马丁·莫德，我对父母撒了谎，向警察隐瞒了证据，我……

"怎么？"他轻轻说，但我依然无法开口，我们隔着格子窗互相看着。

"是你，戴维。"他说。

"是的，神父。"

"我猜，是比叫别人死鱼脸更严重的事情了吧。"

"是，但你不会相信我的，神父。"

"我在这个地方听过各种事情，你能告诉我任何事，我只是一个让你说话的渠道，是你和上帝之间的渠道。"

"我不知道是否有上帝，神父。"

"哈！"

"我想也许以前有过一个上帝,但他厌恶我,抛弃了我。"

"我觉得你的青春期真正降临了,这不是一个讨论的地方,只是忏悔的地方,好好做你的忏悔,其他人还等在外面呢。"

"我恨一个人,我希望他去死。"我轻轻说。

"啊,那确实很邪恶,你对此很抱歉吗?"

"是的,但是死亡真的来临了。"

"所以这成了你的心事。"

"是的,这个人是马丁·莫德,神父。"

"那个摔死的男孩。"

"你不必太自责了。"

我沉默了。

"你不必太自责了,"他又说了一遍,"每个人都有一些必须遏制的意图和欲望,你的愿望确实是邪恶的,但邪恶的愿望和邪恶的行为之间是有差别的。"

我们的眼神通过格子窗相遇。

"你得明白,戴维,"他说,"如果你推了他,这就是另一回事了,我想你没有推他吧。"

"没有,神父。"

"很好,还有什么你必须忏悔的吗?"

我努力想了想。

"你相信邪恶吗,神父?"

"戴维,我跟你说了这不是讨论的地方。"

"你相信吗,神父?"

"我相信弱点，戴维，我相信我们可能误入歧途，我在这个小房间里度过很多很多时间，我听到成千上万可怕的念头，成千上万可怕的行为，我们都是有着各种邪恶小念头的微不足道的凡人，我们靠着把心交给上帝来获取力量和美德。"

"但如果你相信上帝和美德，你怎么能不相信魔鬼和邪恶呢？"

"是的，但我是一个乐观主义者，戴维。我相信上帝和美德会占上风的。"

"那么确实有邪恶？"

"你告诉我，你怀疑上帝的存在，但你又想知道我是否相信邪恶？"

"求求你，神父。"

他恼怒地叹了一口气。

"是的，"他说，"我的确相信邪恶，但很少很少，和真正的美德一样少。正如真正的美德会产生非常好的圣徒，真正的邪恶会产生非常坏的怪物。我们大部分人都是半好半坏的，我们也生活在半喜半悲的迷乱中。我们也许希望在一个阳光灿烂的早晨，能看见圣人就在我们面前，我们也必须加倍努力祈祷别让我们遭遇怪物。现在我们讨论得够多了，说说其他的罪恶，还有其他人等着呢。"

我没说什么。

"戴维，现在就说，否则我要把你扔出去了。"

"斯蒂芬·罗斯。"我轻轻说。

"斯蒂芬·罗斯？"

"我想你应该留意他，神父。"

我看见他皱起了眉头。

"是的。"他说，通过格子窗，他看上去很严厉，然后他叹了一口气，温柔地说起来，好像忏悔的人是他。"发生的一切让我感到很烦恼，戴维，我确实应该留意他，但我的教徒数量太庞大了，我想，一个像你和乔迪那样的男孩对他的影响……"他的声音越来越轻，"他们会找到他的，"他说，"他们会把他带回家，我们下次会把工作做得更好。"

"他是个什么样的人，神父？"

"哈，他只是一个小男孩，比你大一点，有很多问题的男孩。出自上帝的恩典，但只是一个普通的孩子，好，现在，下一条罪行。"

我又努力想了又想。

我想象着：我偷了基督的肉和血……

"我偷了爸爸的一包烟。"我说。

"哦，戴维，又偷了？抽了吗？"

"是的，神父，还偷了其他人爸爸的烟。"

"哦，戴维。"

我告诉他老一套的事情，他为我做了祷告，然后赶我走了。

当我出去的时候，玛丽亚依然在等我。

"好吧，"她说，"现在你感到圣洁并且自在了吗？"

我摇摇头。

"跟他说，就像什么都没说一样。"

我们一起走过半途旅舍，进入菲林广场，我们必须在那里分开了。

她说:"说出一些事情的唯一方法就是从头开始说,然后整件事都会冒出来,或者你可以选择说一小部分,打乱了说,或者……"

她撒手不管了,笑着说:"当然你也可以不说。"

我们环顾广场四周,蓝铃铛店的磨砂玻璃后面有酒鬼们的身影,人们在科罗纳电影院门口排队等着看《吸血鬼的诅咒》,人们坐上82路车去纽卡斯尔。一切都那么普通,那么习以为常。

"或者你能够写下来,"她说,"像写一个故事,那么你就可以写出最疯狂的事情,因为只是一个故事,看上去也不会那么奇怪。"

"我和斯蒂芬·罗斯做了一个生物。"我轻轻说。

"哦?"

"我们用陶土做了一个人,我们让他动起来了,玛丽亚,我们让他走路,他变活了。"

我看着她的眼睛。

"你相信我吗?"我说。

"是的,的确不可思议,但我相信你,还有别的吗?"

"斯蒂芬·罗斯,他不是一个普通男孩,就像我……"

我说不下去了。

"我会一点点告诉你的,"我说,"要花很长时间。"

"好。"她说。

福克斯中士和格兰德开车经过,他们开着一辆小型的蓝色警车。

"得走了。"我说。

我们吻别了。我跑到山上,终于感到浑身轻松。那天晚上,我一夜无梦,睡得香甜。

第二天,我向窗外望去,爸爸正跪在阳光下的花园里,克雷摊开四肢躺在他身边。

57

当我从房子里走出去,爸爸扭头看着我,他的眼睛睁得大大的,带着疑惑。

"戴维,过来看看!"

我慢吞吞地穿过草地。

"那是什么,爸爸?"

"早上在布洛克花园发现的,所有的人都在拿他们需要的东西——泥土、植物、石头——赶在他们把采石场填了之前。"

克雷的两条腿和一条胳膊都掉了下来,现在被放回了原处,头和肩膀之间有一条巨大的裂缝,他的泥块已经破碎了。

"你觉得它是什么?"我说。

"天知道,我本来以为是什么古时候的东西,后来我发现它不是。当我把它放进手推车的时候,它已经摔得粉碎了,我正在把它一块块拼回去。"

他身上被雨打得坑坑洼洼,还有一条条水流过的痕迹,以及一些干了的小洞。他的整个体型已经塌陷变软了,看上去歪歪扭扭,开始和他躺着的地面融合起来,重新变回那种名叫陶土的无知状态,而不再是生灵克雷了。但无花果种子、山楂果子和灰泥还在他身体里,他还是很漂亮,我看着他,从他现在的样子想到他过去的样子,他曾经走在我的边上,我们曾经在夜里、在橱窗里看着彼此，看着我们站在一起，如此强大、如此鲜活、如此奇怪。爸爸俯身下去，试图把那些裂缝、缝隙、褶皱都抚平，我也摸了摸他，我等着他的声音在我的身体里响起，但只有一片寂静。

"一定是一些小孩子干的，是吗？"爸爸说，"是某种游戏或者什么的。"

"对。"我说。

"不是你和你的伙伴？"

"不是。"

"或者也许是斯蒂芬·罗斯。"他说。

"不会，爸爸。"

"不管怎么样，"他说，"有点陶土能加固花坛的边缘了。"

"可是它还没有完全塌。"

"还没有，他刚才太可爱了，我们得等着他变成一堆淤泥，在我把它掺进土里之前还有好一会儿呢。"

58

我把玛丽亚带到他面前。

"他是活生生的,会走路。"我告诉她,"我的脑海里能听见他的声音。"

她瞪着他,说他真是漂亮,她眯着眼睛,好像她想看见一个活生生的家伙而不是一堆无声无息的陶土。我们身后,爸爸还在花园里忙进忙出,带来一堆堆可以用来制作假山的土壤、石头、植物,大叫着我们的花园将会多么无与伦比。

"你怎么把它做出来的?"玛丽亚说。

"似乎很简单,就像这样。"

我从克雷身上挖了一撮陶土,迅速把它捏成一个人,"活过来,"我轻轻说,"动起来。"当然什么都没有发生,我耸耸肩,把泥人放在地上,我想起了斯蒂芬·罗斯,他现在会在哪里,会做什么。

她捡起泥人,让它像个小玩偶一样在草地上走,然后把它捏成一个球。

"你不会搞错了吧?"她说,"斯蒂芬没有在欺骗你?"

我摇摇头,我告诉她克雷和我一起走过大街小巷,这怎么可能会是幻觉呢?

"斯蒂芬是有很多谎话和鬼把戏,"我说,"他告诉我很多我无法相信的事情，但他身上确实有一种力量，一些我们其他人都没有的力量。"

我没法说更多了，但我知道有一天我会说出来，关于恶行、疯狂和死亡。

"你觉得我疯了吗？"我问她。

她大笑起来。

"你？疯了？"

"是啊，就像我刚刚说的，我肯定是疯了。"

"但这不是真的吗？"

"是啊，但有时我觉得我受了斯蒂芬的影响，有时我觉得我正在失去我的想法。"

"你没有疯，戴维。"她告诉我。

她又捏起了泥球。她用它做了另一个雕像，把它放在草地上。

"这是你，基本正常但有一点点傻乎乎，就如所有人一样。"她说，她又拿起另一团陶土，做了另一个小塑像，"这是我，也有一点点傻乎乎。"

然后我们就继续用克雷身体里的陶土做泥像，一个比一个更好，更栩栩如生。我们一边做一边给它们取名字：乔迪·克雷格，弗朗西丝·马龙，普拉特·帕克，斯金纳和波克，奥马霍尼神父，我的爸妈，玛丽亚的爸妈，等等。不久我们面前就有一群人了。

爸爸走到我们背后，往下看看，笑了起来。

"哈哈！"他说，"像一群圣徒在聚会。"

59

克雷剩下的部分仍然躺在我们的花园里，爸爸没有把它拌进泥土里，它一点点渗入花坛边缘，土归于土。无花果种子、山楂果子和灰泥孕育出了一些小的植物，从他身体里长出来。现在他心脏的位置开了一朵玫瑰花，他开裂的头骨里长出一棵七叶树幼苗，时光流逝，季节更迭。

还是没有斯蒂芬·罗斯的消息，有时我思索着他的藏身之所，在普莱西树林，或科尔得森林，或切维厄特，或某个不知名的遥远空旷的地方。我不相信他永远离开了，再也不回来了。我总是关注各种犯罪或杀人报道：一个男人在北希尔兹被刺伤，一个女孩在怀特里湾差点被勒死，一个少年在马斯登悬崖摔死，都和斯蒂芬·罗斯无关。没有一个像他那样的男孩，或怪物出现，但我仍然在关注，等待，有时我满怀恐惧。

在菲林镇，关于他的记忆在逐渐消退，人们低声议论他一定是死了，也有人说他一定是被绑架了，总有一天会在某个狭窄的墓穴里发现他。我发现我居然希望这些说法都是真的，我必须控制自己的念头。

不管发生什么，疯子玛丽依然爱他，以后也会一如既往地爱他。斯蒂芬离开的几个星期后，我去了她家，那是一个阳光灿烂、万里无云的日子，她请我进去，给我喝茶，给我吃果酱和面包。我们坐在她后门的椅子上,阳光洒在我们的身上。她的声音如此腼腆,如此悲伤。

"现在这房子空荡荡的。"她轻轻说。

我傻乎乎地说了一些日子会好起来之类的话。

"整个世界一片虚无。"她说。

她的声音越发低了,她的手在颤抖。

"我正在遗忘如何祈祷,孩子。"

我带着那个小盒子,我把它拿出来,给她看。

"我不知道怎么处理这个东西,"我说,"我想你知道。"

我把它递给她,告诉她怎么打开这个盒子,她用她瘦骨嶙峋的手指随意摆弄着盒子的搭扣,当它咔哒一声打开时,她倒抽了一口冷气。

"哦,圣餐台男孩!"她说。

她跪了下来,她把里面的东西拿出来:沾有酒渍的布、粘着面包屑的胶带。她把它们举高,闭上眼,把布和胶带放进嘴里,咀嚼起来。她握紧手,上下晃动。然后她睁开眼睛,站了起来,瞪着天空。

"哦,好吧!"她说,"哦,看!"

我朝她说的方向望去。

"看,天堂的门打开了!"她说,"看,天使下来迎接我们了!"

她拉我跪下。

"你看见了吗?"她喘着气说,"你看见她们了吗,孩子?"

我望着蔚蓝的天空,阳光灿烂,空空荡荡。

"是的,"我告诉她,"我看见了。"

她将双臂大大张开。

"上帝太仁慈了!"她说,"他会回来!他会再次回到我们的身边。"

从那刻起,她的眼睛一直闪耀着希望的光芒。

我第一次把这个故事讲出来,我试着如玛丽亚所说,从开头一直讲下去,直到所有事都被讲出来,但每次我一开头,这故事中的疯狂之处就会让我踌躇不已。所以现在我把它写下来,一切都写下来。我不在乎它是不是很荒谬,我已经了解到最荒谬的事也可能是最真实的事,你不相信我吗?没关系,这仅仅只是一个故事,并无其他。